O —

editora Urutau

rua do cajú, 478,
jardim das cerejeiras
06724-015
cotia-sp (brasil)

rua manuel pacheco nobre, 128 - 5º esquerdo
2830-080
barreiro (setúbal)
portugal

[+351] 928053619 [portugal]
[+55] 11 9 4859 2 426 [brasil]

www.editoraurutau.com.br
contato@editoraurutau.com.br

[EDITORES]
tiago fabris rendelli & wladimir vaz
[COORDENAÇÃO DE REVISÃO]
debora ribeiro rendelli
[REVISÃO]
carol amaral
[DIAGRAMAÇÃO]
victor h. azevedo
[CAPA]
victor h. azevedo, sobre fotografia de jules marvin eguilos

dados internacionais de catalogação na publicação (CIP) de acordo com ISBD

leite, francisco guitti
L533v a verdade e a chacota do diabo / francisco guitti leite. — cotia : urutau, 2022. 148 p. ; 13cm x 19cm.

ISBN: 978-65-5900-312-9

1. literatura brasileira. 2. prosa. I. título.

CDD 869.985
2022-2218 CDU 869.0(81)

elaborado por odilio hilario moreira junior — CRB-8/9949

A VERDADE
E A CHACOTA DO DIABO

F.G.L
(FRANCISCO GUITTI LEITE)

[primeira edição]
URUTAU
agosto de 2022

sumário

*

*   *

[prefácio]

Era bom o texto. Era muito bom. Em demasia, eu diria, para o cartesianismo didático que me exigia uma avaliação quanto à adequação ao gênero. Não era memória pura, não era crônica incontaminada, certamente não era notícia e sequer posso afirmar que fosse inteiramente não ficcional. Combinamos que, por um instante, aquilo tudo não importava. Era preciso alargar a taxonomia dos tipos de escrita jornalística para fruir da prosa algo sombria, impressionista e sensível que as iniciais FL nos apresentavam naquela aula remota e de câmeras fechadas em uma noite vadia dos intermináveis meses de pandemia.

Minha relação com F.G.L. começa com essa ruptura. Buscar ensinar algo equivaleria a tentar encaixar o círculo no quadrado. Reformulo: além de desgastada, a metáfora é imprecisa, pois a escrita de F.G.L. é cheia de arestas. Melhor pensar em um poliedro e olhar para sua multiplicidade de cantos: a vida familiar, que pulsa a Londrina do avô que foi lar durante a juventude. A errância dos *hippies* pós-modernos de Campo Grande, a marginalidade orgulhosa dos discos de vinil, as sombras da alma encaradas com um misto de atração e temor.

Em comum, a sensação de desencaixe. É de poliedro que falamos, e a figura forjada pelas tardes no sebo Capricho e pilhas de escritos no banheiro da avó vive em outra temporalidade, que se deixa revelar ora pela nostalgia, ora pelo assombro, às vezes com desesperança, outras com indignação, sempre com sensibilidade. O texto de F.G.L. é um grito de independência de uma sociedade que não lhe pertence e que ele não deseja. Convida, também, a olhar para a penumbra e seus seres, vivências que, mesmo pouco visíveis, existem porque sentem.

Sou jornalista e não escritor. Retorno ao conforto do lugar com o qual F.G.L. ousou romper para contar uma história não ficcional, pinçada de um compilado catártico de 13 áudios que totalizam 15 minutos e 54 segundos. Quando o pai aparece na casa do avô para levar embora o menino, contavam-se dois anos de autoexílio no Paraná, pela busca infrutífera de uma vaga na faculdade de medicina. O pai pergunta o que o filho está fazendo ali, uma vez que está claro que não está estudando. O adolescente quase adulto emudece. Não por estratégia, mas por não saber o que dizer. Sob o olhar do pai, dedilha músicas desimportantes no violão. O velho compreende a resposta que prescinde de palavras. Quem sente não cabe.

Rodrigo Ratier

A meu avô:
Meu para sempre presépio avarandado.
Dado ao fascínio do porvir
tal qual o recheio fortuito dum doce
– deixando escapar por entre os dedos
o solfejo preguiçoso do tempo.
Tal qual criança de prenhez psicogênica.
Redemoinho de afeto,
sonho e verve.

E àquela quem primeiro abriu-me.
Com os dedos ainda carminados tecendo a
vida em meus recém paridos cachos.

Uma rosa não tem duas cores;
um homem não tem dois amores.

POR QUEM DOBRAM AS HORAS

Eu sonho um sonho que me sonha de volta para mim.

Toni Morrison

A hora era tarde – passava das seis.

Digo, as crianças que viviam ali, ainda estavam acordadas – a elas não havia horário. Poder-se-ia dizer que a noite rouba seus dias. Na mesma medida em que o sono rouba o sonho. Pareciam profissionais da pesca: ora o bordado do vestido da avó, ora a cabecinha miúda de Otávio dando solavancos no ar. E não poucas vezes, puxando meus cadarços. Como quem – na falta da palavra – me pedisse para não ir embora.

A cada passo que dava, sentia um cheiro acetado e incongruente. Espécie de mofo sobreposto à pequena mesa de jantar – cheiro de mato orvalhado, que se misturava à gordura gelifeita da panela. Cheiro de roupas emplastadas de suor frio, já seco; cheiro de vício.

Três cômodos na casa de alvenaria e reboco: no quarto do casal, mais uma cama ao lado. À margem de tudo, vê-se sujeira: terra, palha, restolhos, ripas, guimbas e fiapos. Coisinhas pequenas. Dessas que criança traz da rua: restos chumbados dum soldadinho, garrafas-pet-cortadas-em-funil, pneus murchos de bicicletas; fios de pipa, pipas rasgadas – bolas de gude e mamonas acolchoadas no berço da camiseta puída.

* * *

Dona Iraci me abre a porta.

Casada com Seu Orlando há mais anos do que a solidão comporta. Convite a entrar. As crianças já haviam saído da casa dos pais. Sob custódia temporária da avó, avô e tios – estes moradores duma edícula ao fundo da casa –, para facilitar o processo de acolhimento sob Medida de Proteção na Unidade de Institucional de Acolhimento da cidade.

A primeira a me receber, afora a velhinha, foi Maria – ou, como ela tentava dizer, entrecortes de sílaba, Maria da Hora. Ela, mais os outros seis irmãos – gestados pela mesma barriga, e somente, vinham em meu lastro de realidade e fascínio. Irmãos Da Hora. De início, o sobrenome me fez rir: naquele fim de mundo a-céu-fechado, entre tábuas, toalhas e toldos, a menininha conseguiu me desatarraxar os lábios...

Isso porque o tempo ali parecia se esquivar à constância do relógio. Como se a hora perdesse o senso, e permanecesse suspensa nos ponteiros. E Maria ali: como quem sabe que diz; fazendo pirraça e justiça à verdade presente no tempo.

Reduzi-me ao espaço da escuta. Pois ainda que lembrasse do dever de registro, parecia-me, também, muito fácil incorrer naquele outro mundo. Não como espectador, escafandrista, ou participante, mas com a sinceridade do porquê duma criança.

* * *

Naquele ano, a realidade das máscaras ainda estava distante. Ao menos aos olhos.

No momento da reportagem, voltei a falar com Iraci. A velhinha, iracunda à princípio, torcendo o mesmo terço sob os nós dos dedos, talvez por ter que revisitar a memória, parecia ter acumulado a ira da lembrança na corcunda.

Examinei-a de perto ao menos uma vez após a irrupção da epidemia. Vinha doutro lado, amolentada, vestida coa' máscara que ela própria fizera. Na ocasião, Orlando recebeu-me no pátio enquanto fazia o desjejum.

— Ôa... Bom?

— Bem, sim. Senhor?

— Tamém... tamém... amém meufi. Levano coa' graça diDeus.

(silêncio de talher, à espera de Iraci à mesa)

— E como o senhor tem levado a falta das crias? – ele catarreia, arruma os ombros.

— Vai bem, doutôzin. A gente faz que não sente, mas lá no fundo bate. Mas bom é quélas tão com gente de bem... Num tem mais pai que bate, xinga ou... — Orlando relincha com as bochechas, põe as mãos no rosto. Brutamontes adormecido.

Ainda doía o peito dum cabra-homem daqueles. O pai das crianças, Domênico, abusara de Mariô e Bartolomeu, os mais velhos. A Associação Internacional (*Associazione di Volontariato per La Famiglia e L'adozione*), pois, credenciou-as com novos nomes, sobrenomes, tutores e estadia.

— Elas tão bem, Seu Orlando... Aqui ó — tiro o celular do bolso e lhe mostro as fotografias das crianças em Veneto, Itália. Ele sorri e me estende a mão:

— Posso? — pega meu celular, o indicador anafado na tela, como a apontar a si mesmo — E como diz esse nome de lugar, menino?

— Ponte dos Suspiros.

Ele ri de novo. Agora com mais gosto. Tanto, que também o saboreio um pouco.

Dona Iraci chega, aveludando as mãos no pano, e senta-se à mesa. Passa o pano pelo rosto, cruza as falanges à frente:

— Hm, prum acaso cê sabe ques-horas-são, menino? — E descostura sob a máscara um sorriso roto e frágil, capaz de perder a linha num ponto ou fazer sangrar os dedos.

* * *

Ajuntando as conversas, os autos; documentos, relatórios, todos sob mão-jurada da memória, pus-me a relembrar os poucos pareceres que obtive dos genitores.

O ano já andava em esculhambo. Àquela altura, e àquela gente, no entanto, a circunstância era a mesma de entra-ano-sai-ano. Ao que parecia, Eugênia e Domênico ainda logravam no mesmo local quando do acolhimento das crianças pelo Conselho Tutelar, e respectivo Oficial de Justiça.

No cadafalso da memória, cada falso passo, pode trazer à luz outras mil sombras. Assim dito, o barraco de taipa, coberto por meia-água, ainda estava lá: à sombra duma braúna. Nas fendas, escondiam-se chupanças e picumãs pendurados –um escuro quase indiscernível lá de dentro. E os quantos morcegos que preferem a taipa aos galhos da grande árvore.

Uma só porta estreita abismava nela mesma outra luz, vinda de uma só janela. Um banco tosco sustenta umas tantas latas de comida – chaleira sem botijão, panela de barro. Sob o crucifixo, esteira de dormir, o soalho quebrado; por debaixo se via terra. Para assentar a vista, o reflexo dum espelhinho quebrado que faz moldura ao armarinho azul d'outro lado. À visita, um cepo. De resto, come-se agachado, espreguiçado no chão coa' cabeça erguida, ou de pé sob o umbral da porta. Olhando um nada absoluto na água parada dos pneus lá de fora.

* * *

À parte os desvios da imagem, fato é, que durante o acolhimento, Domênico, o pai, não estava na casa. Todas as crianças, contudo, foram acolhidas e levadas ao abrigo – organização sem fins lucrativos, administrada por Célia, que garantia os cuidados necessários às crianças e adolescentes abrigados.

Quando indagadas, pela psicóloga capacitada ao acompanhamento, sobre os sentimentos quanto aos genitores, as crianças demonstravam desconforto, querendo saber onde estavam. Mas decorrido quase um ano, gradativamente, foram deixando de perguntar; amiudaram-se em seus leitos, crescendo os olhos ante as novidades. Falavam deles apenas quando questionadas. No mais, antes de os pais adotivos baterem à porta – assim como todas as crianças ali abrigadas – permaneciam com as meias nos pés; perscrutando cada brecha e cada passo que, porventura, viessem-lhe buscar da tragédia aquiescida, mas nunca querida.

As meias eram boas para isso: silenciavam os corredores e a adstringência dos pés no soalho velho. Última vez que as pude ver, Mariô não mais me puxava os cadarços. Dizia tchau, e voltava correndo para dentro do abrigo.

Como quem esperasse, eufórica, o badalar das horas.

A PANDEMIA E AS CRIANÇAS – E O GABINETE-PARALELO-COMUM-A-TODOS

Uma síntese em forma de texto sobre a liberdade imaginativa que encontramos em nós mesmos – espécie de ode ao livre-arbítrio da inconsciência em tempos de incerteza.

— Você sabia que costumavam mandar as pessoas à Lua? – perguntou.

Antes mesmo disso. Dessa má-formada-solidão; desse ventre-eterno em que estamos. Digo,"*before that, was just fine, dear*":

Todos indo à direção alguma. Seguindo, contudo. Rumando sabe-se lá para onde. Amanhecendo junto ao sol, colhendo as notícias sob o céu. O trem roendo os dormentes e a vida passando entre os dedos; rolando as digitais, marcando as fissuras da pele no aparelho.

O metrô mascarando o cheiro e as bocas. Olhos trocados em algum momento flagrante da estação – vitimados pela cólera estagnada do livre-arbítrio. Iam todos, novamente, à direção alguma. Reservando suas individualidades ao contato com o aparelho. Espécie de contato-celular. A marca digital da singularidade projetada.

E ali, a cada a cada quadro boiando nos dedões rolado, surgiam apoteóticos alicerces à vida: incautos produtores de informação; a cúspide hercúlea da tentativa mal formulada de fazer nascer uma nova nação. Uma nova nação encarcerada em seus próprios polegares: chilreando ínfimos *tweets* conforme o trem os conduzia, novamente, a lugar algum.

Sempre, e a todo instante: tal qual um formigueiro que ocupasse o centro da sala-de-jantar. Todos bem asseados à última ceia. E ali, frente ao enfado e à hipocrisia, um deles levanta o braço...

Um palhaço. Um palhaço triste fazendo palco àqueles recém-despertos e sempre desacordados. Mas o queixume do palhaço é como o barulho de caspas caindo. Aos ouvidos dos empresários, às secretárias, aos estudantes; à amante, e ao padre rezando sua ininterrupta missa. Todos parecendo caminhar em conivência a um mundo unido, afirmando nossa desunião. *Faugh a ballagh!*

E ali, com os olhos chafurdados, beirando a emoção de quem ainda vive, o palhaço conduzia o trem rumo à lembrança. Rumo a dragões, leviatãs e hipnotismo. Uma lembrança descabida, aglutinada ao assento. Uma lembrança-deslembrada; uma espécie de riso de criança; um revés dum parto.

O palhaço senta-se ao lado do menino, a cartola sobre o colo:

— Sabia?...

— E como é que faziam? — o menino pergunta.

— Imaginavam — responde o palhaço — , imaginavam estar longe daqui. Noutra realidade. Pois veja bem, meu *pequeno-lírio-selvagem*, por mais que se tente compreender essa vida, ainda assim, nenhuma realidade estará à altura dessa imaginação...

—Comé?... — a criança suspende o sobrolho em assombro e dúvida.

O palhaço aponta o dedo em riste, chama os olhos do menino à cartola:

—Veja aqui! — lá dentro, um negrume aveludado sem fundo — Carrego aqui as mazelas do mundo sobre minha cabeça e, ainda assim, encontro tempo para ver brilhar a Lua.

O menino estica a mão e, como que íntimo da cartola, puxa de lá um imenso véu.

Todos os passageiros do trem aplaudem. E até hoje não se sabe se ao palhaço, ou ao menino, por conseguirem – ainda que parcamente – desnudar o rosto daquela realidade inventada a que todos os passageiros seguiam, e ainda seguem. Dormentes feito os próprios trilhos.

A CURA DE ARACI

No dia seguinte ninguém morreu.

As intermitências da morte, José Saramago

— Acabou a plantação e ele foi embora — ela conta enquanto seca o prato —, mas como o Vadinho não sabia d'Os Paraguaio, ficou lá: *vadiâno* pelo mato...

E continua:

— Os Paraguaio tinha mania de amarrar *osôtro* na árvore. E batê *inté* a pissôa morrê.

Minha mãe se espanta, e solta impropério com a fumaça. Acabara de descer as escadas. Havia tomado o café, e o tempo do vício era urgente.

— Credo, Preta... mas daí o índio ficava amarrado lá pra quem quisesse ver?

— Deixava, dona Paula. *Cumsede, cumfome*... —daí vira-e-mexia o peão achava gente morto na árvore. Era só pedir a conta, ele matava. Era os dois né, os Paraguaio. E a fazenda deles era bonita...

— Tinham nome, não, vó? – pergunto-lhe.

— Tinha sim, eu que num me alembro... — sei que uma hora pegárô o Vadinho...

(Silêncio)

— ...era Eulálio e Eurélio... isso mesmo, alembrei...

* * *

Ela torce o beiço, esguelha os olhos à pia — parecendo se perder no fundo do ralo; comendo algum resto de memória. Fica assim por um tempo: meio pensando na vida, meio vivendo ela. A mãe joga a guimba no latão, ergue o sobrolho para mim — como quem se faz compreender com o gesto —; as mãos nos bolsos do roupão azul.

— Vó! – eu chamo alto, querendo sua atenção.

— Ôxe, minino! Achano que sô suas nega, é? Pra que sustar a gente assim...

— Que aconteceu com o Vadinho, vó?

— Sei não! Deve dê tê ido amolar outra gente... – dá de ombros e enxuga o prato. Fazendo estardalhaço com os talheres.

— Dona Paula, sinhôra vai *querê* que bote o quiabo?

— Pode colocar, Preta — a mãe aperta e beija em demorado a mão de Araci, que é o nome de Preta, e sobe pra ajeitar o quarto.

* * *

Fico ali mais um bocado: tentando apreender com os olhos quem é Araci. Cozendo a cebola, alho, tempero, o quiabo, e depois indo buscar o frango na panela só cos'olhos. Uns olhinhos atarraxados na pele, enrugados na borda – como se a qualquer momento fossem desaguar ainda que fosse acostumada com a cebola.

Araci era filha de José Antunes. Chamavam ele Zé Nune, pois diziam sua língua ser presa. Ainda cedo, Araci era "bem *jabuzinha*", peixe pequeno, garoupa. E, de fato, tão peixe, que, na fazenda de Itiquira, Rondonópolis, os dedos já mergulhavam as roupas no rio.

Vez foi que, esfregando a camisa dos irmãos no remanso, subiu na perna de Araci uma cobra, fazendo um calombo na canela. Saiu dali gritando o nome de Madalena, avoando os passarinhos, diminuindo a horta, e deixando algumas pegadas sem par no caminho.

Madalena lhe fez atadura, passou erva e fumaça. Ainda que não fosse lá mulher de reza, Madalena dramatizava os agouros: "era muito dramática", Araci me dizia, "dramática que parecia um cinema". A mãe de Araci tinha medo do que rasteja. Seja cobra, jacaré, ladrão ou mulher outra que o marido arrumasse.

Quando foi madrugada, Araci afervou, subiu aos quarenta. Zé Nune aferrolhou o cinto e já ia fazendo roncar a Ford.

Mas lá doutro lado, depois de dez pés da porteira da fazenda, veio surgindo um "pretin azul-de-dar-dó-no-céu". Vinha vestido de vermelho, coa calça preta — parecendo bandeira flamulando no vento frio do mato. Aproximou mais perto, rodeou o casebre, a mão na cerca.

— Bonoite — tirou o chapéu — Tem pouso?

Araci diz que Zé Nune arrebanhou todo mundo pra dentro. Sobraram só os olhinhos dos filhos boiando na janela.

—Arreda! — gritou entre dentes para as crias e foi ter com o rapaz.

Convidou-o a entrar até o galpão, explicando da cobra e da filha.

— Com eu, Vadinho, o sinhô pó ficá tranquilo — disse o moço — faço cura desde menino.

Zé Nune "ficô mei de suspeição", mas chamou Araci pra fora. Preta veio mancando, apoiada no ombro do irmão. Suspendeu a saia, estendeu a perna meio medrosa.

— Suncêis se afasta, faz favor — Vadinho resmungou e tirou a camisa vermelha.

— Daí, Fran, cê num credita. O pai serviu o hómi uma dose de Tatuzin — aquela pinga "pra se esconder nos buraco", sabe?

— Sei não, vó. Mas diz lá... que passou depois de Vadinho tirar a blusa?

— Foi isso, ué! Que passou, que passou... Passou que o Pretin curô minha perna. Num tá bom procê, não? Tudo bem qu'ela é mei bamba, mas me guentou o peso até aqui, vissê?

E continua:

— Pretin deixou uma pena pra mó deu sentir as perna. *Dissele* que era pra passar assim, ó — ela faz com o dedo o que a pena faria —, e se sentir, tá bom. Se não, daí num tem quem faça também. Nem médico, cirurgião, dentista... — disse que se a perna sente a pena, é porque Deus fez a gente pra avoar, mas esqueceu de dar o retoque...

—Mas e aí, cê ficou boa? É isso?

—Ah, aí o Pretin pousou lá na casa, *inhêu* fiquei que nem passarinha. Correndo feito como nada tivesse acontecido.

ÀS MARGENS DE BAI SAO
OU
SOBRE A GUERRA QUE AINDA PAIRA

"doro o cheiro de Napalm pela manhã
Bill Kilgore, personagem de Robert Duvall
em *Apocalypse Now*, 1979.

Suspirar era um prazer.

Entorpecer os brônquios de oxigênio no primeiro alvoroço do sol. Espreguiçar-se e alongar os membros, como se o espírito, outrora lá ao fundo da gente, voltasse à tona mais limpo. Deixando, contudo, seu lastro de odor; apenas para não esquecermos de nossa condição humana e de nossa falibilidade.

O mingau acetado do palato, e a sensação macambúzia do sono. O primeiro catarrear da manhã, e os olhos se adaptando ao clarão da luz que chega. Na palma da mão, sem porquê, começam a lhe escorrer filetes de suor. Talvez como espécie de vaticínio-biológico da extrema unção vindoura:

Fato consumado era que Nellie, a garotinha dos-olhos-mais-puxados-que-o-bom-dia-solar-no-ocidente, morreria ali mesmo: no primeiro desfolhar de seus olhinhos. Seu pai lhe dizia para se concentrar no alaranjado da terra, sobre o próprio solo e descendo sobre as fendas das janelas...

...para que não se preocupasse com o porvir; nem com a história não contada, nem ao menos com a avó – invalidada pela chaga dos homens – estúpida sentada na cadeira gelificada.

Seu irmão lhe fazia lembrar dos tempos de escola – quando o futuro estava entregue, transparente feito o mar de Bai Sao. Nellie, contudo, sentia-se tal qual peixe-panga-a-mil-anos-em-cativeiro. O clarão de luz lhe açoitava o rosto e desnudava a pele; sentia queimadura no ventre, sem ter amadurecido sua inocência. O quarto alaranjava de novo. Não de sol; apenas o alvoroço de seus tios, primos e irmãos sem esconderijo que os protegesse.

O sol tirano, tirando do rosto de Nellie toda e qualquer esperança. Abatendo-lhe sob a estranheza da pele e a vermelhidão das faces. Parecia mesmo que, ao fechar dos olhos, Nellie era arrebata de seu próprio peso sobre a Terra. Sob as pálpebras, via surgir uma imensa catedral alquebrada: sem teto, sem nada. E repetia consigo mesma – tentando resgatar na memória – o porquê dum torvelinho a lhe rodear os pés.

Via-se esvanecendo daquela boa terra, onde tudo é firme e claro, e pode-se apalpar as coisas e se vê onde começam, onde acabam. Nellie pensava em perguntar ao pai que tipo de criaturas de condição movediça e vertiginosa eram aquelas que sobrevoavam suas casas...

E não mais obedecendo à loucura de toda aquela inquieta população interior a seu templo, Nellie abriu os olhos. E lá, perto do altíssimo tirano, curiosa por reconhecer o acontecimento supremo que lhe era anunciado – já sabendo no caminho que sua mágoa e incompreensão nunca seriam satisfeitas –, em uma confusão última, que se assemelhava a um nada onde tudo se achava fermentado, Nellie suspira novamente junto à névoa que repousava baixa junto às margens de Bai Sao.

Como se houvesse acordado em direção às trevas. O horror lhe comendo os olhos.

EPITÁFIO Nº 7

Existe neste final um mistério indefinível
que arranca lágrimas dos olhos
O último dia de um condenado,
Victor Hugo

Meu tio gostava de ficar dando voltas pela própria cabeça.

Dizia para que apoiássemos a testa no cabo da vassoura. As mãos entrelaçadas na ponta:

— Isso, agora roda... não, não... continua!

Parecia mesmo que era ele a rodar e rodar e rodar – ciscando sua sombra no piso. Engasgando a gagueira no riso, respirando o cigarro e explicando a minha mãe que era só brincadeira. Ainda que, vez ou outra, eu e meu irmão fossemos de encontro com o portão ou qualquer outro obstáculo num baque a caminho da tontura...

Por um tempo morara conosco; digo, na mesma cidade. E aos domingos de churrasco o cemitério da tábua-de-carnes ficava vazio. Meu tio se transmutava em uma imensa enguia, uma espécie de bomba esofágica engolindo e sugando adipócitos e mostrando nos dentes o amarelo da gordura e do tabaco.

Foi-se o tempo e pude entender que, na vida, nem tudo que morre recebe flores no enterro. Meu tio se tornou o mais curto ensaio do que poderia ter sido: diagnosticado, tratado, reincidido e, de resto, o Criador é quem sabe...

Suspirou, levantou da cama – os cotovelos apoiados na perna, as palmas das mãos no rosto compungido e flácido. Olhou para o lado: a janela permanecia acesa; a cortina flamulava, imitando a fantasia dum herói perdido entre os edifícios da cidade... dos becos... e do tráfico sintomático da alegria...

No amanhecer, um feixe de luz lhe açoitava e acariciava o rosto. Esquentava seu queixo e o fazia olhar para além dos muros: a brisa dum imenso vale lhe escova os cabelos... dando voltas e voltas... varrendo todo e qualquer lodo ou lastro de pó que, porventura, tenha remanescido entre seus fios de prata e suas flores tontas...

QUATRO MIL E QUINHENTAS PRIMAVERAS

Era ele que erguia casas
Onde antes só havia chão
O operário em construção,
Vinícius de Moraes

Para os pobres, o tempo marca apenas os vagos vestígios desse caminho à morte...
O primeiro homem,
Albert Camus

Caminho por onde também navegou Cabral – e tantos e tão copiosos outros, que ficaria difícil elencar cronologicamente seus nomes, rotas e rostos.

E nessa espécie de memória da pobreza – que, por natureza histórica, sempre foi menos alimentada que a dos infinitos armazéns e almoxarifados-capitais do mundo – que, arbitrariamente, demos o nome de História, parece existir uma fraternidade de raça, de credo, de classe e destino...

Algum tipo de imenso esquecimento atávico do tempo; como se, apesar de nos debruçarmos sobre o mais antigo testamento humano, ainda nos faltasse o quando, ou o porquê, da primeira centelha-criadora acesa pelo primeiro indivíduo do mundo. Como se os pontos de referência de que dispomos para interpretá-la – a História – se esvaneçam na mesma medida em que a paisagem uniforme e já sem cor duma antiga fotografia.

Como se essa *busca do tempo perdido* fosse, de fato e memória, uma luta incessante e ingrata entre o ressentimento e a satisfação. E esse mistério de pobreza, sempre à sombra de nossos calcanhares, parece a todo instante reivindicar sua natureza anônima, atemporal e obscura.

Ficamos, pois, à mercê deste tempo intangível, sob imensos guarda-chuvas de anonimato, nos vestindo-nos com a mesma moda do século passado, acreditando piamente nas chagas de Cristo e na originalidade da criação humana. Buscando na impossibilidade da memória os resquícios doutra vida, doutro tempo, em que talvez fossemos melhores – ou, quando muito, buscando a indecifrável solução para o futuro que nos resta.

Sem notar, contudo, ou até mesmo lembrar, que muito antes do tempo ser contado em calendários, aqui neste mesmo lugar em que estamos: debruçados sobre livros e cartas e compêndios, na vaga tentativa de desnovelar o véu da História, já havíamos fendido seu vestido, e utilizado suas vestes como farrapos para conter o sangue de inúmeros torniquetes.

Apaixonamo-nos. Altercamos impropérios e nos ferimos com mosquetes. Mas, ainda assim, na querela dalguns dias modorrentos e ensolarados, dispomo-nos do silêncio e da quietude.

E em inúmeras mansardas e quartos – abarrotados de telas, e cavaletes, e pincéis, e tinta e grafite, e pólvora – pintamos quadros, esculpimos pedras, e levantamos pontes capazes de traduzir a vida; ou aquilo que, nela, nos foge à compreensão: essa espécie de apego à permanência luminosa, ao revés da cicuta. Ficamos, pois, desnorteados, alucinados e transpassados até o raiar do dia à beira do Tejo, do Amazonas, ou de Volga. Registrando a vida com nossas próprias invenções e descobrimentos – *caminhando na noite dos anos nessa terra de esquecimento onde cada um era* [e sempre será] *o primeiro homem.*

5" À SECO
OU
PLICAS DUPLAS

Nesse jogo ligeiro de carniças, a aliança natural, que, porventura, encontrardes, estará nos bicos da multidão.

plaf, plaf, plaf, risp.... ploq!

Jonny para e joga a guimba do cigarro na poça.

— Quanto...?

—Cem. A hora.

* * *

— Hm... OK. Ainda assim, prefiro ver antes.

Ela esgueira os olhos pela rua. Arrasta a vista pela calçada — os tamancos descem um degrau da porta: um lado, o outro. Volta o rosto a Jonny:

— Cinco, dez. Dez, vinte, meu bem. Mais que isso você faça as contas... é proporcional... acho que aritmética; aprendi no colégio... — ela olha Jonny de baixo à cima — Sabe? No que demoliram... daquela bibliotecona lá naquele antigo centro...

Jonny não responde. Olha as pedras da calçada; a ponta da botina batendo ritmada na poça da água, devagar. Escrutinando a possibilidade, o preço, a carência, o corpo-cavernoso, a bílis nauseabunda da cidade, da doença e todo aquele mal-estar social – e, ainda assim, dócil – dilacerando-o e subindo pelo esôfago...

—Ei, gato... E aí, como vai ser? Não leva a mal... mas você sabe: tem uns que insistem em examinar até os dentes... deu na TELE que dá pra ver o bicho nos molares lá de trás. Bem, há de se fazer o pão-de-cada-dia... nem que seja pelas mãos dum dêmo padeiro, se é que me entende... Vózinha dizia que toda miséria esconde uma possibilidade de mudança. Pena que não viveu o suficiente... Bom, tô falando demais, desculpa, são esses tempos de escassez... — ela olha pra cima: desvia o pé da goteira caindo do toldo, examina as unhas e volta os olhos a Jonny — Cinco, dez. Dez, vinte. Tiro ou não?.... Não tô de zika, pode confiar, moço.

Jonny sobe os olhos, tira o chapéu — as mãos pelo cabelo — cofia a barba, olha para a moça e pede, em silêncio, a alguma Onisciência Maior que lhe dê uma resposta.

—Hm... faça cinco.

Ela novamente olha a rua. Do outro lado da via-rápida passa o estertor azucrinante duma vespa DopplerFood – Jonny não pode deixar de pensar no escapamento: naquela artimanha agonizante de arrancar os silenciadores das motocas. Disseram-lhe que o faziam para prevenir acidentes nos infinitos cruzamentos da cidade, no entanto, faltava fé no argumento... a fé, nesse ponto da humanidade, havia, há muito, perdido seu caráter simbólico de cura pela alma ou de qualquer coisa bem-quista por São Lucas, Lázaro ou Judas.

Os dois esperam que passe. As mãos nos bolsos, vendo o vapor da primeira chuva em sete meses alcançar os olhos.

Jonny tira os óculos para desembaçá-los. Leva-os até a ponta da camisa.

Ela tira a máscara. Os dois gestos findam no tempo dum mesmo suspiro. Sem tempo que ele a veja além da íris.

Jonny volta os olhos, já vestidos com o vidro.

— Mais cinco segundos, meu bem?

O CAÇULA E O CÃO

Passa, tempo, tic-tac
Tic-tac, passa hora
Chega logo, tic-tac [...]
O relógio, Vinícius de Moraes

Nesses eternos dias sem lembranças, demos por grunhir feito bichos. E, de tempo-em-tempo, grasnamos a voz pelos cômodos da casa.

* * *

Como uma espécie esquecida; como grilos no tedioso verde do quintal, em enfadonhos entardeceres – com uma vontade oblíqua de se pôr junto ao sol. Evisceramos a voz sob as telhas, telhados e, na chuva, resta-nos o teto. E, quando muito, vemos chover sentimentos: cerrados no breu da toca, espetando os dedos nos cactos, rocas e móveis da sala; acomodados nos cantos invisíveis da casa...

* * *

— Bãr!...

— Ãhn?!...

— Traz um incenso pracá... pode ser o da pomba lá...

* * *

Ele arvora a voz e empluma o peito – reduzido ao som do berro, e desventra dele mesmo um outro sentimento--de-Canindé: parecendo mesmo querer alçar voo à rua, à calçada, ao coqueiro, sei lá – coisa graciliana.

* * *

Respondo na mesma língua: atiro a caneta ao lado, costurando o veludo da laringe, e acordando a glote com as cordas da garganta. Mesmo que frouxas e espaçadas, ainda dedilham algum chiado.

* * *

Não penso no que pareço ao lhe responder dessa maneira: parte apoiada na dúvida, parte noutra gracilianice inventada; lembro, então, que o sentimento, ainda que procurado no canto, na costura da roupa, na fala, ou no cuidado do diálogo, não costuma dar-as-caras à gente, sem taxar algum preço que depois se pague.

* * *

Muita vez, apenas nos transparecem nos olhos ou, se muito, desvelando os abismos do peito.

* * *

Meu irmão bate à porta, entrega o incenso e, de quebra, o violão: como se na falta de uma lembrança que se preze, pudéssemos sempre hastear a voz e ecoar o canto...

Abismados em nós mesmo... procurando nos acordes, a mesma realidade do cão: farejando o futuro pelos cantos da casa. Sem ao menos precisar palavra.

* * *

Passa-Tempo

A saudade é tempero desse tempo...
...erraram a mão – tanto sal, que o rosto chega secar;
E qualquer Passa-Tempo sempre acaba vazando para o litoral.

O TÉDIO

Creio não existir ninguém que, de vez em quando, sem motivo aparente, não se sinta no fundo do poço. É um desânimo a chegar sem convite e sem pretexto. Vem de oferecido, com a maior desfaçatez e se abanca.

Resta oferecer o espaço no assento e abancar a sensaboria da conversa. Nem que seja dando de comer às pombas.

O UMBUZEIRO

Nesse contínuo do tempo, é onde crio minhas fissuras.

Ainda moleque na vida, sempre cismava em ensaiar meu próprio limite. Minha mãe, vez outra, chamava a atenção do pai:

— Ó! Tá lá no quintal de novo: inventado moda...

O pai suspendia o terno na chapeleira – meio sem prumo, canhestro – e vinha ao meu encontro.

— Ó, pai! Ó! — eu apontava à árvore — descobri um banco na Dorotéia.

Ele ria e me costurava em seu colo – ainda que estivéssemos, nós dois, com o peito despido – e subia ao alto do umbuzeiro. Sentávamos lado a lado, digladiando nossos barulhos com a sinfonia dos canários.

Pai tinha muito disso: costurava a gente em seu colo – eu e os outros dois – com a mesma facilidade que um urso hiberna no inverno. Ficávamos, pois, como linha e carretel: laborando uma imensa colcha para os dias de frio. Vez que hábito não se quebra pelo tempo, ou temporal.

Teve vez, contudo, que por inocência minha, ou para provar da força dos dedos, dei por subir sozinho a árvore.

A testa orvalhava frio, como que acordada junto às folhas do jardim; os canarinhos desafinavam em barafunda – parecendo cortar o equilíbrio e fazer perder o caminho de vista.

Esborrachei-me junto às raízes – desacordei por um tempo. Depois, o barro tomou cor de vinho. Cutuquei-o: viscoso. E ouço minha mãe, o pano de prato na mão e as havaianas pregando o chão.

—Francisco! Amor! Corre aqui!

A mãe, depois de limpar todo meu corpo, viu o talho no queixo e o apertou com o pano. *Tô bem, mãe, tô bem* — eu lhe dizia. Talvez pela paternidade de primeira viagem, ou pela profundidade do corte, costuraram também meu queixo.

O corte ficou lá. E tá aqui, ainda hoje. Costurado tão bem que não se vê seu começo ou fim. Como se fosse, mesmo, a continuidade desse tempo – que agora, mais velho e com os dedos lavrados, cultivo por debaixo dessa barba já crescida. Deixando-me ver, vez ou outra, através dessa irretocável fissura da vida.

SAI DESSA RUA ESCURA, MEU FILHO

(*Carta a Drummond*)

Quem viu o pavio aceso,
Do destino?
SÉRGIO SAMPAIO

É Carlito, a Vida anda sem graça, meu amigo: vai meio mancando, co'as pernas cotós. Dá arrepio a quem olha. E um dó Dela, por sua pena, à-toa, à-toa..., parecendo entoar, bem baixinho – num vagido humoso de recém-nascido sua dor por perder tanta gente duma vez só... Como se o amor, esse perfeito decorador dos momentos em ninho, estivesse em falta...

Ela vai buscando com quem falar: apoiando-se nas paredes do quarto. Meio bêbada de morte. Sob o crucifixo, ou no banho de caneca que o neto dá ao avô – sobrevida de gente pobre, esquecida de Deus. Vai procurando alguém nas frestas e no estofado dos leitos: tristes, parcos, numa noite lenta e morna; noite morta e sem ruído. Vidinha vai perscrutando o breu para falar do que poderia ter sido caso toda essa gente resolvesse por escutá-la batendo lá dentro do peito dum menino que chora . Ainda que Ela sempre tenha de dizer às gentes:

—Ei, sai dessa rua escura, meu filho... Nesse caminho que você vai andando, não posso seguir contigo... volta para a casa, se não por mim, por quem o ama...

Ela baixa a cabeça, um pouco mais bamba, um muito mais nada. À beira do bueiro, daquele outro lado do hospital, Ela para, e vomita toda a bile dum só dia. Pois você veja, Carlito: a Morte, prima próxima, anda se dizendo farta destes dormentes que apenas passam pela Vida – e adormecidos, não fazem ideia – sequer sonham – com o imenso espetáculo perdido que vai pelo mundo, e da doçura infinita que anda esparsa em todas as coisas...

Não, Carlos, não vale a pena sair de casa. Nem ler as manchetes, ou sabe-se lá o que esteja fazendo. Naqueles mesmos bares d'outrora, anda agora gente comprimida, esbarrando-se pelos cotovelos, velozes em transmitir a novidade...

...de boca em boca, boteco em boteco – subindo a curva, descendo a Vida.

É, meu amigo... é tanto desamor pelo que foi e por aquilo que poderia ter sido, que não vale bater boca – ou tentar segurar a primavera nos dentes. Uns tais espinhos crescem: furando as bochechas; fazendo o sangue pelos lábios. Ficamos assim, pois: dando murro para ver se achatamos essa enorme curva rumo ao abismo, lambendo as feridas feito gatos empertigados; feito saliva sem cheiro, sem gosto... feito uma rosa nascendo na enorme cratera da garganta,– e o povo, sem deus que lhe pague a promessa, açoita a pele como para lembrar a cor da pétala esquecida.

E daí, dessa aquiescência de sangue, e suor, e pele, e rosas, eu me escaramuço: talvez por ser muito moço para tanta morte assistida, talvez por já ter caducado a Vida nesse único filete de sol que me rasga o rosto – e me deixa assim, meio mocambo das ideias, meio velho, meio novo. Soltando impropério ao vento e acusando o ar com a língua muda; sentindo que dentro deste panteão sagrado, de tantos satãs e criadores, seremos para sempre essa espécie caduca orbitando ao redor de coisa alguma...

Cá para mim, Carlos, em verdade lhe digo: prefiro estar em casa, assistindo à família, ainda que se desentendendo e, vez-outra, trocando as folhas pelas farpas... olhando a vida branda do vira-lata acamado a meus pés, e a pequena gata brincando de caçar no escuro da madrugada... .Prefiro estar em casa. Ainda que eu não saiba o porquê ou até quando.

Mas como é bonito olhar a gatinha, Carlos! – à meia-luz do *hall*, à meia-noite – tentando apanhar a mariposa: com as patinhas meio suspensas, meio aterradas: como se não soubesse até que ponto é gata, até que pata, inseto. E a cada pulo, e a cada pouso, desposasse a pequena mariposa para uma dança bendita e cheia de graça. Amém.

SE ESSAS CINZAS FALASSEM

Às vezes duvido se
uma vida calma e tranquila
teria sido conveniente para mim – e no entanto
às vezes anseio por isso.
BYRON

Eu trago a mim no cigarro, embora intragável, continuo, e a guimba queimando é sempre quando mais arde.

Você que lê: pare, retome o fôlego. Há de se ler em pausas. É lá que habita o que tantos outros, antes de mim, tentaram dizer. Todos eles com seus timoneiros, subindo as velas à toa: trazendo no lastro uma enorme vazante de sentido.

Pois você veja: não posso ser eu, então somente, a mim. Recuso-me a ser por inteiro um só indivíduo. À parte isso, como bem sabem – e como também dizia o poeta – *não sou nada, nunca serei nada. Não posso querer ser nada*, teimo em carregar todos os sonhos do mundo.

Do quarto, de bilhões de quartos do mundo que ninguém vê – correspondendo à incessante promessa de, apesar disso, ser-me por inteiro – permaneço atento ao pequeno canário de sabe-se-lá-donde-veio. Ao passo que as sirenes silenciam qualquer canto. E aqui, pela janela, no paço que me cabe, o cão fustiga a comida. Lança a língua à tigela d'água, laça o grão e lambe os lábios.

— Pepe. Aham, você – eu lho digo – Pepe Matapacos, o Perdigueiro Potiguara. Sim, você, filho... que me conta de novo?...

E ali, no arrebol de infinitos universos, com seus diferentes Criadores e diabos, o cão deita a cabeça sobre a própria cauda e bebe do último feixe de luz vindo da janela. E, como que perdesse a sustentação de meu olhar, sua atenção ao nosso diálogo se esvai à medida que ele coça as orelhas. Como se, de fato, pudesse se livrar da conversa com uma nova e providencial pulga atrás de uma delas.

— Ei! Vai ficar por isso mesmo então? Nem você me liga, nem eu te telefono? Ficar me olhando com cara de comercial de margarina na Suécia, é? Arre, Pepe! Se nem esse siroco quente na cara consegue te fazer falar... quem sôeu...

Olho pela janela. Lembro do ocaso dum sol sempre voltando... (...) *that lucky old sun* (...) *rolling around heaven all day...*

Acendo um cigarro, molhado de mar até os ossos.

CONVERSA REMOTA: AINDA CULPARÃO OS MÉDICOS

Quantas madrugadas uma noite pode ter? Digo, era o que estava pensando enquanto Daniel não voltava à chamada.

* * *

— GLUP... COF! COF! COF! ... cof... co.. – Engasguei com a água, Fran...

Recobrei o fôlego do susto. Não era à toa: Daniel voltara há pouco do hospital – o jaleco amassado e as olheiras como dois poços de petróleo.

— Aqui tá uma merda... cento e quinze por cento de ocupação. Minha agenda do posto foi toda cancelada; tenho só um agendamento por hora. No mais, tô atendendo só emergências...

Ele tira o jaleco e troca a camisa. Passeando pelo quarto e, vez ou outra, esfregando o rosto e abrindo a boca. Sua voz se entrecortava: não por qualquer falha operacional da videochamada, parecia mesmo cansaço; de tal jeito que a opressão da máscara, e dos infinitos gritos de alerta para que a população a utilizasse, tivessem lhe rendido uma espécie de falso membro. Como se, muito embora soubesse que tudo permanecia no lugar, ainda precisasse verificar, de tempo em tempo, que não lhe tivessem roubado a temperança da voz.

— E como é? Vocês estão com recursos suficientes na unidade?... — pergunto.

— Ah, na unidade não tem nada, né? — ele ri, talvez pela obviedade da resposta — é medicina baseada no que tem...

— Mas cê tá bem?...

— Bah, Fran... eu tô bem, sabe... mas tem dias que tenho vontade de mudar de país. Porque, sinceramente, eu não vejo perspectiva de mudança nesse aqui... Me dá medo de pegar plantão, cara...

Ele bebe outro gole da água e chama o cachorro para perto:

— Porque eu sei que vai ter gente grave, e que a situação de trabalho vai ser precária, muito mais gente do que eu vou ser capaz de cuidar, e aí não pego... Mas sinto que, num futuro próximo, a gente vai começar a ser convocado... simplesmente para assistir as pessoas morrerem...

Dani continua a falar. Mas faz uns bons minutos que não digo coisa alguma: ele não vê, e muito menos sabe, mas ali, do outro lado me verteram umas quantas e doídas lágrimas. Daniel é meu amigo desde quando ele ainda estava no maternal, conheci-o por intermédio de meu irmão, que, por sua vez, também cursa medicina. E a ideia de que, por algum motivo hediondo e evitável, eu o perdesse, não cabia no peito...

E enquanto ele reiterava a situação, dizendo da falta de leitos, da falta de tratamento especializado, da falta de EPI's e medicamentos para intubação, eu me recompunha, tentando não transparecer a falta que ele me fazia – já era demais para ele e, no momento, achei que a melhor opção era ouvi-lo falar: deixar que todos meus anos de terapia lhe servissem de abrigo, de ouvido, de despejo e, como sempre, amizade.

— Eles esperam que a gente tenha salvação para tudo, Fran... mas acontece que a gente não é Deus, cara... e a responsabilidade pela morte dessas pessoas não é nossa... Mas, inevitavelmente, parece que a gente carrega essa responsabilidade porque estamos lá, ali, na frente, olhando, fazendo o possível, quando a coisa acontece...

Desligo o microfone do meu computador para gritar sob o travesseiro antes de torcê-lo até o êxtase muscular dos dedos – sim, tática terapêutica voltada a indivíduos assomados de mudanças bruscas de humor, muita vez, funciona. Sobretudo para libertar-se da raiva contida e da inquietude em momentos como esse. Deixo, pois, que Dani continue a me contar a parte que lhe cabe da saga médica, aproveitando para minguar minha indignação socioafetiva; e percebo que o contato remoto tem lá suas vantagens enquanto ele recomeça:

— ...aí eles ficam inventando tratamento precoce, e cloroquina, e sei lá-o-quê, porque não conseguem aceitar que a única saída é o *lockdown*, que precisa de uma coordenação e estrutura, que o povo brasileiro não tem... na forma como nos relacionamos publicamente etc... A vontade de fugir é real,

Fran, porque ficar aqui não tem dignidade alguma... e, no final, uma em cada três pessoas vai dizer que a culpa é nossa, que não prescrevemos cloroquina... é doido, cara, é doido...

Falamos mais um pouco, guardando a esperança na voz robotizada do computador, ou quando muito, numa gargalhada afoita. Saudamo-nos, damos *tchau* e um beijo um-ao-outro – devo ter pegado essa mania dele, ou o contrário: o ósculo afetivo como máxima da despedida...

E, por alguma razão que me é desconhecida, um apito começa a zumbir em meu ouvido. Como se eu estivesse em frente a uma gigantesca caixa-de-som daquelas festas de antes, onde todos perdiam os sentidos mais básicos, e compartilhavam sua euforia, seus desejos de vida, e fantasias alucinadas: amontoando-se uns sobre os outros com a mesma precariedade de animais contrabandeados. E fiquei assim, deitado, madrugada adentro, tentando contar o tempo fora do calendário; com os ouvidos zunindo as cócleas. Como o silvo longo, estático e excruciante dum monitor-cardíaco.

CLAIRE DE LUNE

"Gracias a la vida,
Que me ha dado tanto
VIOLETA PARRA

Sumiram todos. E o gato pescou uma sombra na soleira da porta; Já não há troncos, bundas ou pernas pendulando na casa.

— Bom. Ótimo, na verdade, não é, Osório? — o cão, um imenso dogue alemão deitado na varanda, vagando em sonhos, ao lado da cadeira de balanço, ergueu o sobrolho de sobressalto e virou os olhos em direção ao gato, repuxando a orelha.

— Ãhn? Que disse Alfredo?...

— Ná — resmungou o gato, lambendo o peito e uns carrapichos do campo apanhados na fazenda vizinha — deixa pra lá. Aliás, já notou que você está ficando velho, meu caro?

— Oras... c-como assim... N-Não! Estava apenas cochilando. Eis porque não o ouvi... — e lançou mão de um brutal bocejo, mostrando a falta dos incisivos inferiores.

Alfredo escrutinou, pensou com os pelos: *Ná. Melhor não levar adiante. Ele não entenderia. A questão, entretanto, permanecia sendo aquela primeira: o que fazer enquanto eles não chegam? O que fazer enquanto Tiêpo* e Amélia prestavam suas contas à Deus, contando o tempo em terços de vida?

— Escuta, Osório! Vou dar uma volta por aí, ver se encontro Claire...

— Rapaz... veja o que vai aprontar — e solta outro bocejo esbaforido enquanto coça a orelha com a pata traseira — Aquela menina já passou por maus bocados. Não torne as coisas piores...

— Ah, meu caro amigo, alguma vez já viu eu me intrometendo na vida alheia?

Alfie pulou do breve lance de escadas que descia da varanda ao quintal. E deste último, mais à frente, começava o que ele chamava de *The Johnson's Fork* ou *The Devil's Fork*, enfim, havia aprendido sobre o músico – *Robert Johnston* – enquanto ouvia os discos de seu dono na vitrola. Postava-se em seu colo e Tiêpo o amaciava enquanto soprava o vento da varanda em densas baforadas de cachimbo.

Pegou a esquerda da encruzilhada – engatinhado, marchando e engatando a marcha ao longo da cerca.

— Ei! Alfie! Aqui em cima!

Alfie logrou de olhá-la a tempo de subir a cerca antes que uma caminhonete passasse.

— Uou! – *Cof! Cof!* — Quem era aquele? — *Cof! Cof! Cof!* — que poeira...

— Ah... acho que era Tommy, o filho de Thomas — respondeu Claire — sempre tão apressado. Não sei pra quê. Afinal, todos eles andam apressados, ainda que vivendo aqui nesse fim de mundo coberto de milho, pasto e... Olha! — ela aponta com os olhos — um pássaro!

— Clai-re... não se mova — ele diz, sem tirar os imensos, vítreos, viperinos e extasiados globos oculares da ave — este é m-meu — seus bigodes tremem, o nariz tramita o plano e o corpo entra em um perplexo estado nevrálgico numa tentativa aviltante de eviscerar a ave.

BANG!

Os dois saem descompassados pelo milharal, pulando galhos e amortecendo a queda. Param na beira do lago, antes de serem notados pelas vacas.

— Que miséria foi essa, Claire?! Como assim?! UM TIRO! Um tiro em pleno inverno, às quatro horas da tarde! Como podem deixá-los andarem armados desse jeito? Caçando pombas, ratos, raposas... e agora... gatos! Ó, Claire! Que absurdo são alguns destes bípedes humanoides... Claire...?

Pobre, pequena, Claire. Dos olhinhos amendoados, pescando num azul-celeste alguma primavera. Não, não teve jeito para Alfie. Que trágica e injusta cena... que contraste alquebrado aquele: o sangue borbotando no fino e branco pelo.

Alfie, de consciência boquiaberta, saiu em disparada. Não porque quisesse, não porque não amasse. Não. Só não sabia – tal qual gato que era – lidar com a perda e mais o pavor de a ter perdido.

Por fim chegou à casa. Cansado, empesteado de pensamentos paralisantes. Olhou para Osório.

— Que houve, rapaz?...

E num gesto sem sentido, Alfie desabou no colo do cão.

— O que faz a velhice quando começa a perder todos aqueles que ama, Osório?

O cão levantou a cabeça e olhou o pálido horizonte.

— Não sei os outros, rapaz, mas nós cantamos à lua. Veja você: ainda que seja somente o reflexo da luz do sol, ela não se deixa abater por seu infortúnio.

CAFÉ E SANGUE-NOVO: DOCE

O pernilongo não pediu licença para o pouso; aliás, quando se viu bicho faminto pedir lugar à mesa? Ainda que seja bicho educado, a fome não escolhe a cadeira.

Seja ela de ouro ou madeira: a fome é motivo de guerra ou de casamento.

Mas voltando ao mosquito, dei para ser seu anfitrião, e lhe oferecer meu corpo para seu desjejum. Fiquei ali olhando aquele serzinho azucrinante pousado na pele...

E, da mesma maneira com que ele sugava meu sangue pela tromba, eu tomava meu café. Com o mesmo empenho – diferentes incômodos.

Mas depois dum tempo ali sentado, sendo sugado, como que saído dum outro sonho arrastado junto à xícara, matei-o.

E, talvez por também ter saído de seu torpor onírico, o pernilongo nem ao menos mostrou intenção de voo...

...sobraram apenas as perninhas retorcida do inseto...

...com o tapa, derrubei um tanto de café na perna.

Ficou ali: tudo misturado numa mancha preta e vermelha; uma abstração sem cronologia. Como se, de fato, fosse sonho ainda:

Sonho agridoce e acerbado dum café passado a dois — um morto, o outro acordado.

O SOL A PINO

Muitos daqueles que passavam retribuíram à saudação do menino.

Por que não? Afinal, que sabiam eles a respeito de fosse lá o que fosse?

Acenavam com a cabeça, erguiam seus chapéus e faziam vênias. E o menino passava por entre as ruas, vielas e pastos,carregando a mensagem numa pasta à tiracolo, dizendo a todos que a lessem. Gritando por entre os muros, por entre as cercas embandeiradas e telhados do mundo: *Extra! Extra! Caiu o muro, as cercas perderam seus mastros!*

E os homens se indignavam. *Que diabos tanto grita esse fedelho?* Riam entredentes, cuspiam o tabaco na terra seca e continuavam a carpir aquele imenso lote, que seus pais também já carpiam; e os pais de seus pais – e assim por diante, num imenso atavismo sem pretérito deferido. Vingando a sede, a fome, a doença e a esperança de inúmeras gerações perdidas no horizonte. Não se acostumavam à ideia de um pequeno menino carpinteiro, que ao revés de lotes-lindeiros, carpetava mensagens nas paredes, postes e avenidas da cidade.

Já à noite, o menino (e aqui lhe darei um nome – digamos que seja Éco) se levantava. Alguma coisa era misteriosa em algum lugar, e ele queria descobrir o quê, embora estivesse meio macambúzio e adormecido. Mas sabia também, que a lucidez se faz melhor logo que levantamos, e trazemos conosco um estreito fio de inconsciência no bolso do pijama. Lembramo-nos dos sonhos que tivemos e, de chofre, nos surge uma ideia tão pequena e quente como se fossemos, de fato e memória, parte daquela primeira folha de primavera a tocar o sol.

* * *

E ao ir desnovelando esse instransponível e infinito fio de sonho, o menino vai fiando sua colcha de retalhos, de todos os retalhos esquecidos por aqueles homens. Não gosta – nesse momento, entre a noite e a clarividência da manhã – de ser transpassado por qualquer conversa-fiada ou problemas mesquinhos. Prefere estudar com calma o pensamento e, se assim for, terminar o bordado antes do meio-dia, que é quando o sol, já a pino, começa a interferir no movimento dos dedos, deixando-os muito moles para o trabalho e, vez ou outra, culminando com o desatino da palavra.

Efeito esse que o menino certamente não aprecia; a palavra, a linha e o fio começam a esmorecer e escorrer entre os dedos, queimando e diluindo em uma profusão de ideias. Evaporando qualquer resquício de sonho junto ao cheiro das cebolas...

* * *

Já saído do torpor da manhã, ele guarda os instrumentos na mesma gaveta – cheia de goivas e torvelinhos assanhados; redemoinhos e demônios escorregando as patas de lá de dentro do escuro engavetado. Todos eles tão amarelados pelo tempo que se ocorre de saírem de lá o sol lhes torra e carboniza: assim: como pixé malcheiroso.

E da mensagem não resta nada, senão o cheiro acetado e acre da saudação suada dos homens que, afinal, não sabem nada a respeito do que quer que seja – e o pequeno menino-esteta, volta ao labor na noite seguinte. E na noite depois desta. E depois, e depois, até que possa pescar do ventre de toda ideia uma nesga de luz capaz de iluminar o sonho.

SOBRE O DESCAMINHO E A VAIDADE
OU
DOIS HOMENS

Porque, no final, você não vai se lembrar
do tempo que passou trabalhando
no escritório ou aparando a grama.

J. Kerouac

Dois homens, comunicando-se aos gritos. O de cá de chapéu casquete e botões dependurados, à beira de qualquer rio, represa ou riacho, sentado num penedo. O outro, acolá, de vestes de ganga rota, chinelos e um pedaço de bambaquerê atado à cabeça. Sentado nos pedregulhos da margem, sambando os pés na água. À frente, um casebre tosco, que se faz bonito como um palacete.

— Que é aquilo?

— Uns carros além do casebre? – Bonifácio secunda.

— E que carrões, ein?!... Ah, se eu tivesse um fusquinha assim... mas uma hora a gente dá certo na roda da vida e tem um nosso, né não, Boni?

— Sei lá, Ismael... parece pouco viável. Sabe, nessa situação de vagabundo...

— Ah, vá lá, Boni! Já temos até uns trocados aqui ó — e enfia a mão no bolso do short rasgado, mordendo o lábio inferior, e retira de lá uns parcos centavos.

Os dois tinham coisa boa na cabeça. Tinham conteúdo, entende? Sabiam palavrear dum jeito que nenhum doutor – advogado, médico, dentista – entende. As palavras saiam-lhes como imensos borbotões de gás. Bastava tomar uma boa cerveja. E a alegria dos primeiros goles da botelha lhes fazia regurgitar o palavrório tal qual um canário que aprendesse a falar. Não tiveram educação formal alguma; destas que se aprende nos bancos da escola, quando parecemos mulas amansadas com antolhos nos olhos. Foram puxando a palavra que nem arado para aprenderem sobre o mundo. Mas pra cego toda coisa é repentina, e de pronto acumularam verbos talvez esquecidos ainda antes do *Quaternário.*

— Poxa, Ismael! Tá sacaneando com minhas finanças? Cadê aquele punhado de nota de dez que te dei depois da jardinagem na casa da Dona Rosinda?

— Ah, foi indo Boni... *Sabcomé*, uns goles aqui, outros lá.... No final, não sobra nada compadre...

— Ah, pronto!... — Bonifácio tira o chapéu, apoia os braços no joelho e uma das mãos se arrasta da testa descendo até a nuca — não dá mais Mael, não dá...

Ismael vira de costas ao compadre e acende um cigarro de palha. Satisfaz seu deleite caipira com pequenos vícios. Quem se importa, afinal? Entorpecer-se à medida que se compraz das pedras, sentindo suas costas arqueadas, deita-se. Pequenos pedregulhos lhe massageando o dorso: um animal. Um animal com alfabeto. Ou sua inocência e infantilidade generalizadas sabotando sua percepção.

Um faz-de-conta masculino tragicômico. E nenhuma mulher que lhe passasse a feminilidade capaz de ir além dum ruge no rosto. Bonifácio soltando imprecações – Ismael completamente inerte na bruma dum pensamento –, todos os verbos indo com o rio, riacho ou represa. Iam correndo para nunca mais voltarem a vê-los. Escuta? As palavras caindo mais adiante? Sucumbindo à queda, à cachoeira? Não? O privilégio *de poderem esconder a dura face da realidade numa capa de romantismo...*

Olhando os dois assim, tais como Estragon e Vladimir. Repletos de brancura. A tez molhada por pequenas gotículas de suor. Envolvidos na mais terna história de amizade. Em seus casulos compartilhados à beira do riacho, rio ou represa. Atentos somente às palavras que correm. Dois vagabundos eficazes. Não são memórias de um rei que eles carregam. Tampouco dum imperador, monge ou misantropo. São memórias doutro tipo. Uma reflexão rabiscada na carne. E a quase certeza de que a corrente não se quebra.

— Ei, Boni, que tal uma passada na vendinha do Paulo?

Bonifácio ergue o sobrolho, olha traiçoeiro para Ismael e pula do penedo.

— Acho bom, Mael, acho bom sim — limpando o pó das horas e sorrindo — ora, muito bom na verdade! O dia precisa clarear já quando escurece, não é mesmo?

Com a aguardente em saco de papel, braço no ombro, ombro no braço, desarrolham a garrafa, os passos trôpegos no caminho dos bois. Em uma desmensurada felicidade que não se aprende nos livros.

DIÁRIO MÍNIMO

Direto da Cabeceira Alquimista

Ele gostava de sonhadores e bêbados,
e, para ele, as pessoas eram sempre
tão grandes quanto seus sonhos.
Obituário de JOSEPH MITCHELL,
New York Times, 1996

— É hora de parar em hotéis de beira de estrada e em *drive-ins* aos pedaços, Góes... já agora *uns estão na cova, outros no hospício e alguns no ramo publicitário...*

— Que hotel?

— Hotel Gaspar, sei lá! Tá na hora de voltar pro carro pra seguir viagem. Não consigo mais ficar bebendo a semana inteira: painho tá cheio... e olha que eu nem gosto desse troço, mas tenho o costume de engolir tudo que me aparece... é o único grude grátis que eu conheço... Tá bom esse drink aí? — sem tempo a minha resposta, continua vagueando — Pior coisa: isso aqui e isso — aponta para o cigarro — pior droga, te falando, escuta o *pae*! Ele acusa o *Lucky Strike* no ar. Uma fumaça larga e azulada crepitando no vento cerrado, e aponta pro copo enquanto aponto o lápis.

Vê-lo daquela forma – da mesma maneira que passei a vida vendo, de canto; de soslaio na ombreira da porta –, os mesmos cabelos esbodegados, sorvendo o líquido humoso do tempo no gargalo da garrafa: sabendo que cada palavra sua tinha a graça de um machado tão afiado quando o balé de Baryshnikov. Os olhinhos túmidos, encharcados de álcool e nostalgia – *ha!* – um autêntico maluco; *chapado de uma erva doida que cresce sozinha nas fronteiras paraguaias porque Deus quis.*

E agora ele me diz do trem e de Geraldo Rocca e Paulinho Simões e Renato Fernandes, que morreu *afogado-enforcado-de-tanta-corda-e-blues-num-copo*. Fala de uma porção de gentes arraigadas nesse mesmo solo que a gente pisa, nesses tendões cheios de terra e vestígio; naquela fantástica fábrica de brinquedos em que jogávamos com a juventude em tabuleiros imemoriais, e depois parávamos para escutar a música saída de todos aqueles atavismos que carregávamos nos bolsos: auroras inimagináveis de não sei quantos decênios passados...

PERIM: Ei, Góes, *quando é que você vai virar o oitavo patriarca?*

EU: *No dia em que você me der aquele enorme blusão comido pelas traças.*

Todos eles iluminados pela disforia amenizada da luz difusa de um palco – ou seria apenas aquela nesga de luz amarelada do único poste da avenida? Banhando o presépio caótico e compungido com as achas e chagas da bebida flamulando no soalho...

— Que passa, cabrón?

— Sei lá... tô meio eufórico... muito tempo sem sair, eu acho.

—Sei... mas fica sossegado; no palco você toma forma...

Achei que a frase coubesse no momento, assim como achei que coubessem todas as outras que já disse – mas o destino de quem fala é sempre uma encruzilhada tamanha; uma falta de atenção interlocutora e um canal amarfalhado pela bebida. "Peras!? *Knock, Knock!* — acorda, meu velho — batia em ritmo calculado, tal qual fosse o responsável pela vida e morte do baixista trancado no quarto, e soubesse, por anos-a-fio (passados nos escoteiros), como me comunicar perfeitamente em *Morse*. Batia à porta para, quem sabe, lembrá-lo que há vida lá fora; batia com o desespero dum amigo vendo o outro à janela: feito planta enferma sucumbindo ao sol da estação; lançando no ar baforadas tragadas pelo vento, que resvala e ziguezagueia na balaustrada e desce zumbindo até a cátedra...

...e eu não sabia que, dentro de uma catedral, sempre habita um torvelinho*: e ali, já com os pés no interior da nave fui arrebatado de meu próprio peso sobre a terra – e pude apalpar as coisas e ver onde começam e onde acabam...* Só de observá-lo ali pregado à cama e à caverna, na distância do amigo, surgiu em mim – uma imensa criatura braquiocefálica e agonizante, sulcada por um filete luzidio de êxtase salivar, e o movimento vibrátil de lábios crestados, com mãos triunfantes de nódulos e náusea...

Mas a mão, não mais obedecendo à loucura de toda aquela inquieta população no interior do templo, pôs-se a andar sozinha, com uma decisão de suicida e uma confusão última que se assemelhava a um nada onde tudo se achava já fermentado e pronto para que pudéssemos beber também, quem sabe, *the last duch sip...*

* * *

No dizer de quem o tenha conhecido, não no de quem o via na época – o alquimista emagrecido e enregelado, selado em *couro-carne-e-sangue*, com os primeiros sinais carcerários de uma barba profética que lhe endurecia as faces –, mas sim no dizer daquele que, porventura, o tenha conhecido em essência: nos malabarismos químicos acidulantes e mais toda a mágica de solilóquios alvissareiros pregados pelo som...

Sim, quem o tenha conhecido ainda medindo seus tijolos e montando seu presépio empedernido de pequenas prendas e estórias trazidas da rua, e de tê-las pregado a uma ligeira sombra de melancolia; este, pois, poderia dizer-lhe o que digo sem sequer imaginar como é perder um companheiro...

Shinning Street, 853, que outrora fora a *Anthony Mary Bunny* de irreparáveis bebuns em tráfego. Noites insones de sinuca, bebedeiras intermináveis e a falsa alegoria do tempo: este capaz de perpetuar o pouco escrutínio adolescente e a enviesada senescência de alguns sinuqueiros. Essa amálgama do artista quando jovem: o boêmio condenado aos seus cem anos de solidão e devaneio empoeirado. Cheio de vinis e vitrolas e música e livros... e tempo...

— *Esse é o tipo de lugar que você deve ficar sozinho, saca?* — ele diz por detrás das lentes — é como se esses discos todos tivessem uma doçura triste: como se a gente *não devesse insultar eles com gritos ou nem mesmo conversas...* — e parava em baixo tom fumando seu cigarro à espera dum novo pensamento borbotado ante o copo a sua frente.

Olho para ele e antes mesmo de respondê-lo, ou concordar, ou sei lá o que é que quer que eu diga, Jerry ecoa um berro tonitruante, fazendo vibrar os copos e garrafas na mesa e tudo mais que rodeia o recinto – *Ha!* – ele desdobra um risinho de mona.

— Esse é o verdadeiro Rei do Rock, Góes... Elvis é o caralho... — e caímos na gargalhada: um riso roto e frágil em colapso nervoso; um encontro de feições antigas e cingidas pelo reconhecimento dos bilhões de anos que vivemos juntos como efebos purulentos...

Por cima da mesa cai a noite: uma religiosa luz vestal ainda permanece: cada vez mais perto da soleira da porta à medida que a tarde se esvai numa estranha graça em desconsolo – e eu pergunto a mim mesmo: que seria eu sem o nome que carrego; se fosse, de certa forma, o revés disso que conheço? *Porque até onde vejo, o mundo é velho demais para que possamos falar dele com nossas palavras* implumes de sentido.

* * *

Enormes *blurps-blurps* seguidos de *um grande baque múgrico e gemidos agônicos da Criação*: surge da porta uma tal discografia de gente; espécie de babuíno delirante em eterno contrassenso, imitando uma simpática velhinha troncha capaz de lhe causar dores subabdominais de tanto rir, ao passo em que também lhe assusta de uma maneira espetacular e hilariante, fazendo-o babar e correr ao redor do balcão do bar......

— Góes! *Nhããããmm!*

Entro na jogada e lhe recebo com meu caricato personagem com déficit de atenção: subo as ancas da mandíbula e a estico até a frente da ponta do nariz; esgazeio os olhos e penduro a língua pela boca em parcial descontrole. Ficamos assim: gingando com pernas atuantes e braços elásticos ao redor da cabeça, falando línguas que ninguém entende. Para depois, ao final do cúmulo de serotonina, darmos risadas incompreensíveis àqueles que não conhecem o bem dum amigo de infância e essência... ...

E ali, quando já passado o susto do tempo e do enorme presépio montado com as nossas invectivas santas e cantos endiabrados, oramos em silêncio e abstração, escutando o cortejo do vinil com a agulha, esperando que, *por favor*, não nos deparemos com nenhuma faixa riscada...

LEMBRANÇA À *AURORA-BLUE*, MINHA GATA

— Insônia, minha filha?

Ela mia. Eu entendo. E é como se dissesse: *Ná, só vadiagem.*

Tomo o copo de água.

Trasbordei pouco pela borda.

A gata roça meu pelo; esfrega as orelhas, volta o focinho para cima e choraminga de novo.

— Não, Blue... sei que sangra... sei que dói... Aliás, sei de nada. Sei só que não não tem festa, carnaval ou promessa de Ano-Novo, miúda... O que tem pra hoje é essa lata —jogo o petisco na tigela e continuo a lhe falar — temos esse escrutínio perverso do homem e esse cenário de extrema tragédia...

"...temos a refeição – pois acredite há quem não a tenha – temos o pôr-do-sol e a varanda".

Temos, por fim, um ao outro

Um ao outro e mais seus pelos em minha estante.

E, sabe duma coisa, Blue? Até que fica bem uma estante pelada.

MARIÔ

[...] por cima do mar mariou
Por cima do mar prateou [...]
E que me lancem as pedras
Yemanjá faz areia pra não machucar

Prece do Pescador,
MARIENE DE CASTRO

O sol nasceu aspergindo a lagoa dum branco pálido e viçoso.

As vitórias-régias tecendo seus novelos de *Jaci*, recém-saídas de seu látego e de sua lama. E do silêncio anterior ao nascimento daquela terra Deus, numa pura preguiça pecaminosa, parecendo se esquecer de pedir aos anjos o mesmo que pede aos homens, resolve-se por pregar uma filha Sua na barriga de *Naiá*, que é como chamávamos as águas daquele sítio.

Os papagaios todos foram recebê-la enquanto faziam o desjejum servido na botija pelo caseiro da ilha: Borí, um rapazote trigueiro de sol, vestido de bermuda rota e chinelas largas, que faziam *flip-flops* empapados d'água do rio. E as caraúnas, saídas do último lábio de breu da madrugada, avoavam do remanso da nascente, vestindo uma só face de miúdas íris vermelhas, com um grasnar gris; coisa parecida com berimbau, capoeira ou angola; coisa de Manuel de Barros ou maravilha de Nanã.

— Ô! B-dia sinhô! — ele grita da margem levando a mão ao chapéu.

Seu Alçeu levanta a xícara em cumprimento, saúda-o e volta à primeira miragem do sonho de que há pouco foi desperto:

Um escarcéu de aves e grasnos e grunhidos agudos: as avezinhas pelejando pelo melhor posto, pelo rosto, pelo tronco, pelo corpo, pelos olhos. Nas longas trincheiras de bambu presas à árvore sem folhas ou frutos...

Um jacaré fazia seu percurso — *Báh! Imagina só se um desses cai na água, Pangô?* — que como o chamavam quando ainda moço — *Pow!"* — e soltava um risinho de sensaboria, um riso roto e enrugado que brilhava no antegozo do dia. Os olhinhos transpassados pela membrana e um risco avesso à bondade no lugar da retina...

Longas horas até que aqueles que ainda dormiam transcorressem do sono às terras e águas familiares. Enquanto isso, apenas eu e os tico-ticos e os japacanins e os sabiás e as arapongas; eu e as rendeiras-régias tecendo alguma prosa e o crocodilo à margem da mesa, vislumbrando, quem sabe, comer a vida pelas bordas.

* * *

— Mariô! – Seu Alçeu grita do quarto.

As bitucas espalhadas fazendo nascer Milton no pensamento – feito sol sob os dormentes dum trilho de trem-azul. E a noite passada: num quarto assobradado: um-quarto de espaço para andar e perder a cabeça. Como se um bando desvairado de crianças tivesse entrado pela porta em redemoinho; e o diabo caçoando e coçando os bagos, sentado em sua escrivaninha, beatificando Heródes e gargalhando da pouca sorte com que Deus o havia deixado. Alçeu ainda meninote, rodopiando feito luz na praça, com pai, mãe, tio e avô...

Um telhado rubro abarcava a casa – Leonor, que deu de ser *mãe-vó* de Alçeu-menino – dizia que nem o sol conseguia olhar por muito tempo. Dizia ser uma espécie de Ícaro ao contrário: ao contrário de subir, descia ao mar e a seu irremediável naufrágio... para depois subir de novo aos céus... num tipo de procissão amarga dum Obatalá embriagado...

* * *

— Ô, Mariô!

A menina, pregada à pedra do lago, ergueu o sobrolho. Fez assim com a franja do cabelo para tirar dos olhos, ergueu o vestido e levantou.

Esqueceu-se de Ejá, teu peixinho estimado. Voltou correndo.

— Desculpa Ê — ela dizia para abreviar — assustei com o *sinhô-meu-vô* gritando lá de dentro —agachava e balançava o indicador na água — amanhã venho lhe falar...

...Mariôôôô... (!)

O peixe rodava, imergia, voltava: — Adeus, Mariô. À Deus, ele pensava: esse verbo perdido de seu sentido: a prover o viajante de boa sorte na jornada — *bon journée!* — e Mariô se afastando no cascalho da estrada...

* * *

Já noite, um breu somático lá fora. Não dava coragem de pisar no pasto. Quem diria banhar no rio, que era mais longe, mais escuro, mais fundo, mais úmido... era mais perigoso de cair no abraço de *Naiá,* dizia o vô. Mariô sentava na grade da varanda; as perninhas sacolejando no nada: mais fundo e esquisito.

Barulho de grilo, de pasto e das *coisa* (que é maneira de dizer que tudo lá dentro do nada é quase como se tudo girasse entorno de órbita alguma – sem coisa que não seja feita à imagem doutra) que a gente imagina quando não se vê palmo à frente do que se passa.

O avô, sentado junto ao breu e à mariposa, olhava no lustre uma lâmpada amarelada: um facho de horizonte guardado na memória. Seu Alçeu fora faroleiro. Passava dias-noites esperando raiar mais um. Olhando longe, perto do nada, alguma coisa que o fizesse lembrar quando Mariô apareceu na ilha num cesto tosco e mal-amado – e o semblante contraposto à porta: o nariz adunco e os pés crestados de sol.

— Vô.

— Hm?...

— Que é aquelas coisinha piscando lá longe..? ssenhor já me disseieu-squeci...

— Hm — vô Alçeu desdobrava os dedos e apontava longe, aconchegando a cadeira a sua forma — é vagalume... ou cê tá falando daquela outra lá mais longe?

— É. Não. É. Éessa otra, euach...

O avô se levantava apoiando no peitoril da varanda: sabia que era jogo: um que não ganhava; e lhe contava de novo a história de *Fata Morgana* e dos navios que via ao longe, perto de tudo quanto é fantasia. As naus-flutuantes, marcando o mar com um risco de espuma, e, ao mesmo tempo, parecendo não fazer contato com a água de Naiá, que foi quando a conheceu de fato. E prometeu cuidá-la se ela lhe concedesse o verbo como talento e o levasse de volta para sua ilha...

— Sabe, minha filha... você veio a mim num lastro de destino... foi promessa que fiz a *Naiá*... enquanto mirava longe o tempo, quis, por assim dizer, voltar a terra e começar de novo... Não mirrependo, não... na vida não se estuda para aprender, mas como sempre fui velho de pouco verbo e pouca sílaba, fiz com ela esse trato: que me daria a língua e eu lhe cuidaria até sob sete palmo... mas que também *Naiá* tinha que me botar de novo nessa ilha, que é onde cresci e quero ser enterrado...

— Mas você veja, minha filha — ele continua — parece que a promessa saiu pela culatra e o gato, além de ter comido minha língua, também me levou o que é comum às gentes comuns...

— Iquié?...

— Cê nasceu em mim pouco depois de ter surgido no mundo, Mariô... e eu, já velho demais pra te acompanhar em disposição, tive de me contentar vivendo à sombra do meu segredo... e sabendo só falar em estrofe, o objetividade com que falo se perde no verso.. e é por isso que lhe conto estória, que é o meu único jeito de contar a vida... porque fui tolo de querer estudar para aprendê-la, se na vida tem é que se viver... você veio da água, Mariô... e tem que voltar, sim. Num tem nada que um velho mouco e parco faça pra lhe ajudar no trajeto, peço a Deus que lhe mostre o seio da terra se quiser de comer, mas é lá no fundo do rio que você há de encontrar sua morada. Assim como eu tive que voltar à minha, cê tem que voltar à tua... cê é filha de *Naiá*, minha filha... e *Jaci* te espera à sombra da lua...

* * *

E de lá do látego e da lama; no silêncio premente ao nascimento daquela terra, avoava da nascente uma imensa caraúna, dos olhinhos miúdos e íris vermelha, da cauda verde-violáceo-purpúrea, parecendo tocar viola no grasnar do solzinho que subia... e do último lábio de breu da terra, podia-se ver o jacaré, avesso à bondade, tentar abocanhar a vida de Mariô antes da caraúna a suspender da terra...

...e vendo aquele enorme pantanal cheio de cor, numa menarquia em elegia ao tempo e à vida, o pássaro lhe derrubou rumo à correnteza: e para surpresa de Mariô, Ejá veio lhe falar:

— *Saluba, Mariô!* Mar serenou, fez de mim tua carona pra *Omolu*...

— E olha que coisa, Ejá — ela pensava — agora, aqui no mais longe, mais escuro, mais fundo, mais esquisito e mais úmido lugar, consigo ver o que a gente imagina quando não se vê palmo à frente do que se passa no gris lá de fora...

ORERU OREMBO'E KATU

...ne'amba roupitiy'i aguâ.
Memória Viva Guarani,
Cântico das Crianças

É preciso fôlego e um bocado de traquejo para andar por Paraty, quase como sambar de salto agulha sem nunca ter andado de plataforma. Correr então: o mesmo que pegar o *506* para a Federal; em pé e sem onde segurar. Mas à parte a advertência, foi o que fiz: um copo de café (carioca, claro, é de graça) da banca da Folha, o jornal e os olhos embatumados e plissados de sono.

As pedras das ruas que levam ao porto e à *prainha* foram recauchutadas – ao menos foi o que me disse o livreiro da praça –, mas, mesmo assim, dá pra sentir aquele peso colonial em toda pedra que se pisa. E, de quebra, torcer o tornozelo, bater o artelho numa quina e ter que continuar andando – ou correndo –, arrastando todo xingamento e imprecação dos transeuntes de olhares boiunos e vidrados nos atabaques e cachaçarias e moedas esculpidas e colares de grãos-de-arroz e pulseiras pluriformas vendidas pelos nativos.

O negócio é que eu tinha uma palestra específica para assistir, e quando digo específica, você que me lê tem de entender meu afeto para com os palestrantes na mesma medida em que me afeiçoo a sua imagem, muito embora desconhecida. Certo que havia outras palestras memoráveis – de *Kristen Roupenian*, por exemplo, e seu eterno gato de *Schrödinger* –, e o telão da praça. Mas *aquela* palestra não dava pra perder. Havia lido ambos os livros, dos dois autores entrevistados, a saber: Gaël Faye e Kalaf Epalanga. Pouco me valia autógrafo, lampejos de cordialidade e puxa-saquismos – queria mesmo os trejeitos e bocas cruas dos dois, que até então, para mim, eram apenas alumbramentos da fala escrita e personagens já enviesadas pela memória.

* * *

Daí, depois dum tranco-de-troncos, a caminho do palco, com o ingresso na mão, parei para tomar fôlego, olhei no relógio, três minutos para fechar o portão. O sujeito que dei de ombro colocou a mão no meu — Salve, meu mano... — deu risada e ofereceu um gole do café dele; o meu no meio-fio, correndo por entre as pedras.

Olhei-o por um tempo, respirei fundo, pesquei um cigarro, dei outro a ele.

— Perdeu?... — ele perguntou.

— Báh... três minutos... Andar ainda um bocado... — dei de ombros.

Wesley baixou a haste da imensa mala de rodinhas, pegou o cigarro.

— Ah, acontece... se não tivesse que vender isso tudo aqui até ia contigo pro telão, mas preciso pagar a volta, *séque* me entende...

* * *

Conheci Wesley ainda na estrada, no ônibus. Ele e Antonieta, uma espécie de mãe-às-avessas do escritor da *perifa*, autoproclamada atriz e bailarina, prostituta de versos – mais versada que *Hilda* ou *Anaïs Nin*, ela dizia. Viagem seguiu entre postos, postes e verborragias veladas durante a noite. *O Diabo na mesa dos fundos* – era, ou melhor, é o nome do livro que ele tinha na mala; um punhado de *cramunhõezinhos* pululando nevralgicamente lá dentro – e cá faço um parêntese publicitário: tenho o segundo livro em mãos: *Parágrafos Fúnebres*; interessados... *Inbox*?

Aproveitei o ensejo da conversa e pedi a ele um exemplar. Paguei, guardei na mochila e disse que começaria na mesma noite. Ele dizia ser sobre as andanças por São Paulo: violenta e apoteótica. Terminamos o café, o *pigo*, demos graças mútuas em silêncio e voltamos à sina: cada qual carregado de memória e sonho, trombando nas pedras e aprendendo a andar.

* * *

Paraty, durante sua Feira Internacional de Literatura, é uma cidade de coisas que dificilmente passam despercebidas.

Ao menos para aqueles que não têm olhos oclusos à beleza e ao fascínio pelas gentes. É uma cidade capaz de quebrar as pernas de qualquer sujeito cego às miudezas de Manoel. E, por que não, uma central clarividente de pequenas curiosidades; da lascívia malsã dos ambulantes e guris munãs a pularem sem descanso da ponte.

Quando se chega à rodoviária, vê-se ao longe que há um mar de coisinhas miúdas e tropicais. Assaltantes nauseabundos arrastando os chinelos, párias sociais sentados à margem dos becos e bares de calçada, livreiros enciclopédicos vendendo exemplares extintos da Cosac Naify, atendentes eufóricos com a quantidade de clientes também eufóricos, que param de bebericar seus *drinks* de vinte reais o copo, pouco antes de o atendente chegar com mais dois *Cuba Libres* – os olhos vidrados, parecendo a todo instante percorrerem páginas e páginas de imensos compêndios teóricos sobre o último artigo de Toni Morrison no *Times*; todos eles – os clientes – brancos como o primeiro colostro do seio duma ama-de-leite.

A impressão que se tem, aliás, quando ficamos muito tempo nos empertigando com tais observações, é que a colônia e suas eternas capitanias, sempre serão hereditárias. Ainda assim, vale lembrar – como diz Morrison –, que "o risco de sentir empatia pelo estrangeiro é a possibilidade de se tornar o [próprio] estrangeiro". E, convenhamos, meu amigo, no que diz respeito a estrangeirismos e desconfortos socialmente aceitos e perpetuados, mais vale calar a boca e estender a mão, do que falar muito e perder a oportunidade de mergulhar no “outro” – nem que seja num copo de *Cuba Libre*.

* * *

E, pra falar a verdade, a vida, enquanto coisa humana e ordinária, dura só um aceno. Um despojo, uma ruga, um riso, um rasgar-se ao meio e estar aberto para depois remendar-se em multidões sem fim.

E, quanto a Paraty, à FLIP, esse rasgar-se e remendar-se – sempre comentado por tantas bocas, em palanques ou becos – toma outro ponto de partida, pois ainda que sempre estejamos atentos à chegada nesse lugar idealizado e prometido, é da partida que se faz a vida. Do parto e desse eterno levantar-se e vergar-se à janela, feito planta enferma por ter nascido, ou pelo simples aceno ao sol. Dobrar lençóis desconhecidos e ver surgir no ar a mesma poeira traspassada de luz que outrora você via em seu quarto.

VÔVAZÍO

Ele pegava um papel de dentro da gaveta de grilos secos.

Um papel daqueles dobrados, apontados e cheios dum amarelo esmaecido nas bordas. E ele costuma dizer que era a vida vindo pra levá-lo embora.

E daí eu perguntava de dentro do aconchego do seu colo – naquelas mãozorras de nódulos ossudos e rugas crispadas e umas linhas de destino lhe fiando a palma da mão: em toda ferramenta, em todo baluarte de pensamento sem comunhão; em toda encruzilhada daquela vida, em todo sótão ou porão capaz de abrigar um instante. E eu olhava para ele, por debaixo dos seus óculos – comprados no melhor bangalô da cidade – e ouvia sua respiração escondida no *bigode-bigorna* que lhe decorava o rosto.

— Guitti, *quéisso...*? — eu apontava para o desenho do caderno. Uma coisinha singela, malformada e de pouco traço; dois pontos pretos amorfos e um círculo esvoaçante.

Ele franzia o cenho, depois o subia, afastava o caderno, aproximava.

—Não sei. Não consigo ver. Que você acha que é?

—Um rosto... .meio torto e derretendo... ou... ou... *numsei...*

— Vem aqui *preu* te mostrar — ele arrastava a cadeira pelo azulejo da varanda: uma cadeira vermelha — ou verde, dependendo do lado. E continuava:

— Olha direito. Pra olhar você tem que criar tato, digo, criar olho. Não dá pra ficar só querendo saber e saber e saber das coisas... sabe aquela frase da curiosidade que matou o gato? — eu acenava em concordância — então, na verdade, o gato fugiu antes. *Por quê?* Ué, por ser muito curioso, claro. Ele já observava a Curiosidade fazia tanto tempo, que quando ela resolveu dar cabo na vida do gato, ele já tinha pulado fora... pelo muro, se quer saber. Esses gatos curiosos sabem escalar parede, janela, e, se duvidar, até prédio... olha o Samba ali, por exemplo — e apontava pro seu gatinho laranja-rajado se embrenhando nas eras do muro.

— Vô, *quiquié* "cabo"?

— Esse..? — apontando pra vassoura.

— Não, vô... é *quicê* falou que a Curiosidade quis dar "*cabo*" na vida do gato...

Ele ria e mostrava os dentes obturados e amarelos, feito os grilos e papéis da gaveta. Parecia que comia papel; os bigodes relinchavam e depois se acalmavam no inquieto vício que trazia no copo. Acendia um cigarro e explicava, ou melhor: professorava minha curiosidade e – mais tarde – meu lamento. E ainda que não mais pudesse subir no telhado, restava-lhe uma garra ou outra para pular da cama e mijar no mato. Vez teve em que me disse para desaguar a bexiga no ferida: cortei o dedo com o canivete que ganhei de meu pai.

— Mija em cima que passa.

— Sério..?

— Claro que é sério — ele respondeu. Eu ia e ele sorria de soslaio a minha inocência perdida.

Era, por assim dizer, um vô do vazio: do vazio do buraco do queijo, que se fosse comido fazia peidar tão fedido quanto o pum de um cavalo com diarreia; das pulgas circenses em caixas-de-fósforos, dos cantos úmidos da dispensa e da caixa de ferramentas... do trago último da garrafa sobre a mesa... tinha tanto vazio em Guitti, que podia, se o quisesse, engolir o mundo sem ficar saciado. Tanto foi, que teve de criar o seu. Digo, um mundo em que as gentes eram pequenos canários, e cada flor, raiz ou musgo tinha seu solo garantido. Lugar sem tamanho, a não ser pelo espaço; tempo sem ponteiro, a não ser quando.

E dessa dor fingida que fui levando a cada ida, fiz um pequeno inventário para cada dúvida – inventada ou não – e para cada riso ou choro compartilhado em sua varanda. É claro que tiveram momentos tão bem guardados, que apenas os tijolos puderam escutar o que eu pedia. Mas, à parte isso, compartilhei do seu trago, do seu vazio e, quiçá, de sua fragata ancorada em alguma ilha de fantasia.

Mas veja bem: não digo que Guitti era ilha-atracada; era, quando pouco, uma ilha-navegante. Dessas em que você apenas se dá conta de ter chegado em terra firme, quando, por algum motivo desavisado, percebe-se estar à beira duma enorme queda d'água. E lá caímos: remos atados ao peito e o coração lançado à frente: pois quando não se tem futuro evidenciado, basta saber cair bem. Pra levantar, se *Caronte* quiser, num solo acolchoado dum coração renascido.... porque quem tem coração à frente não quebra; é macio – era o que ele parecia sonhar enquanto dormia longe, na rede de tecido do convés, debaixo da casa de tijolos...

...casa-proa, casa-poupa, casa-sótão, casa-porão. Casou comigo.

E agora eu acho que estou preparado para seguir viagem a seu lado, muito embora sabendo da necessária despedida. E, quem sabe, mostrar um pouco do que aprendi ali sentado naquela varanda sem fim. Naquele vagido úmido do tempo a soluçar de frio e pedir por abrigo. A chuva batendo no azulejo e as orquídeas luzindo com um beijo solar – parecendo, de fato, anjinhos de asas abertas, bocejando e bebendo a luz do dia...

...as mãos de meu avô cruzando horizontes infinitos – pois a Terra ainda se curva sob o céu – caçando palavras em andorinhas e fazendo adivinhação: de vaticínios segredados ao pé do meu ouvido, crescendo e crescendo até formar um orquidário. As mãos de meu avô: de rotas traçadas pelo jardim de minha infância – e adolescência. As mãos de avô segurando as minhas...

MALUNGO, GRÃO-TINHOSO ARRENEGADO

— Pensa ser fácil, Malungo?

— ...Penso pouco, Trabuco... quando muito, é só depois de desperto.

— Báh! Sou homem sensível, meu amigo, e prefiro não ser objeto de solicitude pública alguma... desespero público então, nem fale! Muito menos contar minha vida como as velhinhas contam as contas do terço... E, algum dia, você também será um grande homem, se viver até lá, claro. E daí entenderá. Portanto, faça viver.

— Não me venha com metafísica arranjada não, meu amigo. Dessas que você costuma pescar no bar, como se fosse piracema de pensamento... No que me diz respeito, prefiro arrastar a ideia, em lastro. E depois dar acabamento. Sarapintar uns pontos, vírgulas e outros tantos encontros entre elas, as ideias. Tomar um banho de água fria e café na agência de meu Pai Celeste... pois você há de lembrar: ainda que expulso de lá de cima, ainda tenho *voucher* para passear e arrastar o rabo pelas nuvens e escutar os anjinhos *bastardos-bachianos-de-pingulim-de-fora* cantarem suas perfeições.

— Sei bem, Malungo... sei bem. Mas, ainda assim... ainda que com o rabo entre as pernas e seus chifres entregando sua verdade pelas ruas, devo lhe dizer isso. Sabe como é, não é? Você que há tanto anda por aí, vislumbrando o futuro dessa gente, como se de fato fossem eternos quadros dum *Rembrandt* adoecido, você que viu de tudo e disse pouco, viu os corredores entrincheirados de morte, o cheiro acre da morte e a triste história se repetindo e repetindo e repetindo, como se aquele velhaco bigodudo estivesse certo. Como se dizer da *lei* dum eterno retorno fosse pleonasmo pra essa gente boiuna, virando besta antes mesmo de ir ao teu inferno...

— Pois é, Buco. E quando volto o rosto a esse enorme vale de sombra, e me deparo com as verdades dessa gente encolhida no livro de meu Pai, vejo que não sobrou nada ao Velho; nem antigo, nem novo testamento, e as testemunhas todas parecem carregar traves nos olhos... Veja aquele senhor, por exemplo: sentado no banco, dando de comer às pombas. Que pensa dele, meu caro Trabuco? Já ausente, talvez? Digo, o suficiente para que eu lhe apareça junto a *Caronte* e lhe estenda a mão?

— E como sabe que ele está em sua jurisdição, meu bom diabo? Nada nele, pelo menos pra mim, diz isso...

— Pois bem, meu amigo: olhe de perto: não vê o que o senhor carrega em suas costas? Esse enorme peso nas escápulas... não vê? Daqui de onde o vejo, sente falta de seus filhos, de sua casa e de seus gatos. Muito embora nem ele saiba o porquê de ter ido embora de casa... Quiçá vislumbrou futuro incerto. Fez as malas. Acabou-se aqui: dando de comer aos pombos da praça. E me diga, meu amigo: qual asa consegue nascer com o peso do mundo lhe dobrando as costas?

— De fato, meu amigo: o velho parece um ponto de interrogação incrustrado no banco da praça. E, de certo, é por isso mesmo que dá de comer aos pombos. Não pela fome que sentem, sempre além da capacidade digestiva, mas pela sede do senhor em ter asas...

—Vês? Bom saber que, mesmo daqui de baixo, consigo ajudá-lo a tirar as pilastras desse coliseu que moldou nos olhos... Para ver, quem sabe, que antes de toda fé ou delírio, resta ainda a chama acesa a lhe mostrar o caminho...

Trabuco levanta, guarda o saco de miolo de pão no bolso, enxuta os pombos, arruma sua toca – as mãos massageando as costas.

SCARAMOUCHE

— É um círculo vicioso. A mulher está privada de direitos por falta de instrução e a falta de instrução decorre da ausência de direitos. É preciso não esquecer que a escravização das mulheres é tão grande e tão antiga que nós, muitas vezes, não queremos compreender o abismo que nos separa delas — disse.

Anna Karenina,
Liev Tolstói

— Mas ela tá grávida? – perguntou Escaramuche.

— Um tropeçozinho na porta da igreja... nada muito não, Seu Caramuche...

— Bom... nessa minha postura de administrador da minha saúde, você veja: fui até o Dr. Alfredo, disse ele que sofro de ansiedade crônica. E para preservar minha imagem, o *status-quo*, eu prefiro é num falar mais nisso não, Albertina... *siéquicê-mintende.*

— É maluquice santa, meu senhor... não se avexe por causa da pobrezinha, ela há de entender a situação....

* * *

E Caramuche, revogando todas as traças que lhe comiam o corpo e mais as borboletas lhe estapeando o estômago, dominado por uma sensação de pecado recém-nascido, pôs-se a fazer conjecturas: *E se a menina der pela língua e resolver falar tudo? E se, por acaso ou destino, eu me torno o genitor dum bastardinho preto e sem futuro..? Um tropeço! Veja só! Era o que me faltava: a menina levanta a saia e eu é que sofro as consequências de criar um rebento-preto-parido-em-lua-cheia.... não, não, não... não comigo, valha-me, Deus! Não deixe que isso aconteça...*

* * *

Mas sendo homem amadurecido, o remédio prescrito foi a meia-idade. E agora, aos setenta e oito anos, talvez a senilidade desse seu jeito e retomasse as rédeas curtas e abrandadas por aquele primeiro pecado.

Caramuche pôs-se a lavar as mãos no riacho; correu elas na água até poder ver as rugas se formando na palma. Uma palma branca, dum colostro escrachado, repleta de veios filiformes, e fina como pergaminho... *Por onde fui metê-la, minha mão? Porque é que fizeste isso? E, mais que tudo, por que sujou-se com a tinta espessa do corpo duma pequena?*

Dito isso, Caramuche passou a tarde enredado em elucubrações descabidas; esperando, como que do vento morno da pradaria, alguma resposta satisfatória para sua tragédia individual. Deitou-se no acolchoado da namoradeira – comprada logo no primeiro mês de gestação de sua mulher –, acendeu o tabaco folhado com a última safra da vinícola cubana de seu primo, e resolveu-se por deixar o tempo auxiliá-lo em sua decisão.

* * *

— Ô, meu sinhô! Por acaso há de ter algum burrinho bom pra ajudar na moenda? Aquele que o sinhô pediu *mêis* passado o Basílio, teu primo, levou *imbora* por motivo de que quis...

Caramuche levantou, subiu o suspensório e estralou nos ombros.

—Tenho não, Dona Albertina. Diz pra Basílio que devolva o burro, que lhe pago próximo mês.

—Digo *intão* que vossa senhoria paga pelo burro? É isso, é?

—Isso, Albertina. Pago pelo burro.

* * *

Anna – a menina de Albertina – permanecia alheia ao devaneio do velho Caramuche. Ficava, pois, elucubrando descaminhos junto às galinhas. Ciscando no mesmo lugar, sem nunca ver outro sol. Naquele sítio a boia era sempre fria, e as roupas de Seu Caramuche e Dona Firmina estavam sempre por lavar, de forma que não lhe faltava serviço; era fácil fingir desafeto, julgar sem compromisso e falar besteira na hora da janta – só para esquecer, ainda que por uma horinha, o rebento da barriga.

As gentes daquele sítio eram, por assim dizer, duma mansidão boiuna: de bois pastando e canários cuja única aflição era testemunhar a obra divina e inabarcável aos olhos humanos... Anna sentava-se junto ao riacho – em hora que Caramuche estava tirando a sesta – e pensava no filho. Porque agora, já embarrigada e sem muito que fazer, não tinha escolha senão dar luz praquela querela plangente que lhe crescia no ventre, ou, quiçá, no bucho, como dizia Seu Caramuche.

Anna – vinda da boca de Caramuche – se sentia como bicho. Parecia que quando seu nome saia de dentro da boca do sinhô, ela se tornava mais próxima das galinhas e do pasto, do que de qualquer outro bicho-vestido. Quando isso calhava de acontecer, Anna crispava a boca, falava bem alto seu nome e afundava a cabeça no riacho: as melenas dançando na correnteza e o grito surdo abafado pela água.

* * *

De certo que Anna estava naquela idade, que o velho Caramuche muito bem sopesava na balança. Dizia ele, que, muita vez, quando ia até a *casa-comum-a-todos,* encontrava perdido em meio às folhas de papel-higiênico, um resto de sangue coalhado e marrom. Dona Albertina explicava ser obra da vida; coisa muito grande pra ele entender já tão velho e sendo homem. Era o último aviso da vida de que a morada –antes santa – estava pronta para receber outra vida igualmente imaculada:

— É o restinho de Olorum – *Epá Babá Oxalá,* ela saudava em obstinado testemunho — que botaram na gente, velho casmurro... deixa de nojeira... ...

E Caramuche cuspia no soalho do Casarão e rezava à tumbaria dos seus antepassados para que levasse embora aquela gente sem religião... e aquela gente continuava a rodar a moenda e lhe trazer o pão, a cana e o bagaço seco e sem suco servido de ração pros bois...

* * *

Parecia, contudo, que naquele talho tingido e escanifrado que abarcava a alminha de Anna, havia, de fato, uma anciãzinha que caminhava rumo a lugar algum; e andava, quando muito, onde havia espaço. De resto, era um bichinho trigueiro e afiado, espaçando as unhas, esperando crescer o pelo para vingar a vida de sua gente...

* * *

Foi tempo e Caramuche deu-se para falar com Anna.

— Há de ter a cria?

— Vou parir, sim, Seu Caramuche... Sinhá Albertina disse ajudar em eu dar à luz...

...

— E vinga, é? Assim, sem cuidado e comida?

— Há de vingar, sim, sinhô.

* * *

Deram-se os meses, a cria e o esquecimento. Anna agora da idade de Albertina, e Albertina da idade de Caramuche e Caramuche de idade esquecida.

— Que quer que faça hoje, Seu Caramuche?

— Veja o que tem, Anna! Eu lá sei? Estando fresco não tem mal...

Anna desceu até o roçadinho, trouxe cebola, quiabo e camarão. Refogou no dendê, pôs na gamela e acendeu seis velas vermelhas. E do bolso tirou um punhado de ervilha-do-rosário; misturou bem e serviu Sinhô Caramuche.

— Foi é pescar o camarão, preta..?

— A demora há de vingar, sinhô, há de vingar na primeira abocanhada.

MIOCÁRDIO

Sertão: é dentro da gente.
Grande Sertão: Veredas,
Guimarães Rosa

— Nesses dias, Zé, parece que fumo mais que respiro.

"Entende o vício? Saca qual é a pouca ideia que te faz passar presse deleite caipira? Pois te digo: adultice careta, meu velho. Das braba. Há tempo que ando me dedicando ao verso, Suncê bem sabe, e a cada um que me amarra e corta uma linha escrita, eu pigarreio e acendo outro naco do tabaco. Desses toletudo mêmo, Zé. Que se é pra fazer mal, que se faça logo, num é..? Né nada. Esse frase aí repito porque meu tio, um cabra meio desorientado do prazer da droga, me disse um dia. Daí preguei a frase no bolso... Esse bolsinho miúdo aqui; carregado de coisa que nem Deus sabe. Vou amontoando lá dentro: feito prazer sem hora. Ora acendo uma bagana, ora reservo momento, desses que a gente não passa sem, e boto pra queimar a páia. Puta coisa sem norte, Zé. Fico ali na varanda, varrendo o pensamento e assombrando o tédio. Penso na Vida e nos filho Dela, bem assim, do nada fingido duma cólera chegado ao mundo sem aviso. Medito na situação: seja no batente ou na pedreira lá pro fundo da mata..."

"Aliás, que bom que morêmo aqui nesses canto sem gente, né, não? Imagina se fiquemo assim à toa lá na cidade: os patrão comia o chumbo nas nossa canela. Xingando de tudo quanto é nome nossa raça de vagabundo ..."

— E Suncê leu isso donde, Góes?

— Ah, li por aí, sabe? Vendo as placa na rua e os aviso da internetes. Pois suncê bem sabe que minha Dona arrumou jeito de ter um daqueles coisinho miúdo e achatado... coisinha frágil aquilo, né, não, Zé..? Ôxe, mal trisca no chão o negócio trinca. Já fôru uns quantos paus de mângos pra arrumar o tróço... e te garanto que quebra outras veiz.

— Zuleica deu pra essa também, meu velho... não sai dos éppi lá... e posta foto di nóis enquanto cumêmo, enquanto passiêmo, enquanto carpimo... cédoido, Góes... se Suncê duvida, é capaiz dela de postar nóis trepanu... e pedí pra mó di eu metê mais forte pru barulho sair prozotro lá de trás ... Virge... pensa?... — Zé meio que afrouxa o chapéu, passa a mão na poeira do chão, belisca um mato e põe na boca.

— É coisa de doido mêmo, primo. Só vendo. Ieu que inventei de arrumar bico lá na venda do Paulinho Tiburço... Suncê tá lembrado..?

— O raparigo dos têmpo iscolar?

— Esse mêmo... o véio num conseguia nem mais fazer resmungo pro cachorro...

— O Biscoitin tá é vivo ainda? Eta mundo cão... libera a paz nem pra bicho...

— Vivo e respirando... bichin é macio, Zé... quebra não.

— E Suncê, Góes? O coração, comutá... ?

— Tá macio tamém, Zé... qué dizê, macio só os pedaço que remendei... de resto, deixei é mudo. Dor demais avaria o peito da gente... E tem hora que me pego batendo a brasa no chão e parece que vejo o danado lá, pulsando a quentura de dentro... subindo a queimação pelo ar... e ele fica ali, parecendo cinza que qualquer vento sopra noutra direção... Mas daí eu mi alevanto, imendo asidéia e falo pro coitado: ôxe, meu filho... ficassim não... sem Suncê pra me caminhar, é perigoso eu seguir rota errada, sem bota, sem chofer, sem nada não... preciso docê, meu coração, que é pra mó de a genti vê se escapa desse sertão anuviado — Zé dá um pulo do penedo e grita o amigo:

— Óia, Góes! Parece que Suncê fisgô algo! Sobe a linha pá nóis vê. E trais outra gelada! Purquê até hoje nunca vi coração que num mângua... se num mângua, míngua.

VIAGEM MORTA

O bicho, meu Deus, era um homem
O bicho, Manuel Bandeira

Assim transcorreu aquela manhã –a repetição de outras manhãs mortas –, em debilidade súbita assassinando a paisagem. Parecendo ser tudo a mesma coisa e, ainda assim, diferente.

Aquela velhice estagnada à porta da morte: a mansarda, o sótão, o buraco reluzente afanando o pesadelo da casa e da cozinha – inchando, soprando e atiçando a memória... uma velhice descarada e estagnada, parecendo mais verdadeira do que a própria guerra.

Numerosas horas sonolentas: uma viagem pela viagem, uma viagem em si, adormecida e cabeçuda – como uma viagem de carro até o litoral, e você recém-saído do útero da cidade. Uma viagem conhecida em que se olha a mesma árvore, o mesmo poste, colina e planície, e, ainda assim, tudo diferente.

A estrada cheia de buracos-de-sombra na superfície pálida e apergaminhada do cascalho; ressecada e crispada como a boca do motorista. *Báh! Vá, vá pra longe!* que daqui de onde observo a vida, embrumam-se enormes ecos sem fim, e morre numa explosão de quase-um-segundo o grito dum bêbado se equilibrando no último fio de esperança...

....morre cantando.

Morre de copo erguido na mão esquerda e a sombra das poças d'água refletindo a luz transpassada do vitral da igreja em sua boca aberta: bebendo a luz como um anjo recém--nascido – desencantado e oprimido por tanta luz que nunca lhe foi dada em vida. a cena, em si, é de uma claustrofobia constante e inexorável.

— Abaixa a mão, mano!

— Que foi, Góes?

— Tem um cara caído ali! Não tô conseguindo ver com sua mão na frente do retrovisor!

Arfando e buscando abrigo nas moedas caídas no chão. O pensamento da manhã se afirma soberano na imagem. O carro vira – a seta, o semáforo, a rotatória. Aquela imensa rotatória gemendo e adstringindo o asfalto de borracha. Antecipo o movimento: subo no meio-fio – acenando e gritando aos carros que parem – parem! Há um homem esquecido no chão! Há um homem caído na avenida! Pouco importa: os zumbe-zumbes retinindo no ouvido, e a curva do sol jorrando luz nos lábios do *bêbado-equilibrista*... e terminando mais uma jornada rumo ao poente.

Lembro da música – "[...] like that lucky old sun: give me nothing to do: just roll around heaven all day [...]" – aperto o passo, os olhos encharcados de luz e a máscara sufocando cada tentativa de investir contra a "belicidade" dos automóveis. *Calma, calma* – ele ainda está ali, não pode sair andando, nem ao menos consegue... e um baque surdo atravessa a avenida.

Depois do ônibus, os passantes entupindo a faixa-de-pedestres – como que saídos do bueiro: daquelas ridículas bocas-de-lobo instaladas no pavimento para não sujar a sujeira do asfalto. Daquele *plasto* amalgamado, parecendo colar em nossa pele; nos pelos das pernas, dos braços... e a fuligem dos escapamentos entupindo os pulmões... nosso corpo, nossos lábios e a verdade escondida na rua: equilibrada num copo de cerveja esperando alguém que lhe tome a mão.

A mão estendida, o copo quebrado, o *homem-bicho* morto na avenida. Lembro de Manuel Bandeira, eterno gauchè para si mesmo...

Não fui rápido o bastante. Ele permanece ali: bebendo a luz do último raio de sol. Fico vendo: cada fragmento de luz a lhe adentrar a boca; a violar seu corpo. Até a alma, cansada e extraviada pelos edifícios da cidade, fazer seu caminho subindo junto a poeira... e a única bandeira levantada pela mão esquerda do agora *defunto-mendigo*, estava branca e respingada de vermelho. Um cão late junto ao lixo e eu volto para o carro.

VITAMINA D

Quando esse momento fatal finalmente chegou,
[...]
foi como se todos os anjos do céu tivessem aberto a boca e desatassem a cantar.

TIMBUKTU,
PAUL AUSTER

Acordei há pouco, Zé.

Acordei ao som intragável do alumínio partido e de meu pai segurando entre os dedos – dedos da pele fina; da caneta e do tatear cego o pergaminho da memória – um comprimido amarelo-amniótico, revestido duma membrana frágil, geoide, comprimida.

...

— Que isso...? — perguntei.

— Toma.

Meio absorto em sonho levei a pílula à boca: sem gosto; tomei com água. E aquela matéria – transpassando o esôfago e o trato – afagou minha costumeira carranca diurna: amassada e ainda dormente.

Não falo pela manhã. Faço o café e passo o cigarro dedo-a-dedo; uns dedos cênicos e *carpintados*, acho.

Sento-me à beirada do tempo perdido e ganho, em troca, o mais improvável presente...

...

O cão me segue: cheirando o lastro de carência e de *algo-que-me-foge*. Mas ele, cão, sabe. É criatura criando espaço para cegos.

E por isso o trago comigo: quando sinto perder o faro às coisas escondidas – num vaso de flores murchas, numa piscina vazia ou rolha de vinho, o cão me mostra melhor caminho...

Esguicha o rabo e aponta o focinho a algum horizonte em que o sonho possa continuar...

Seja no óbolo do comprimido ou dessa gente comprimida nos ônibus: parecendo desejar que vejam o sol nascer da boca aberta duma janela ou dum peito comprimido à espera dum ponto final...

VOCÊ SE INCOMODA EM SENTIR DORES MUSCULARES?

Pensei: qualquer processo artístico – que é uma maneira galharda de se referir a qualquer processo humano – é inevitavelmente acompanhado de tensão. Dores psicossomáticas, úlceras egóicas; verdadeiros buracos estomacais e a espera acidulada do inevitável pedantismo dos críticos plantonistas.

— Ná, me acostumei — respondi — depois do tombo, digo, depois de tantos tombos e de quebrar-a-cara pela confiança excessiva, agora eu encaro o público e dou risada de mim mesmo. Ainda que sem dentes, com o escalpo esfacelado, sangrando e o queixo aberto num corte profundo. Manja aquela música do Bélchi? "[...] e o que eu quero é que esse canto torto corte a carne de vocês"? pois bem, encaro o verso dessa forma. Quem se corta é justamente essa plateia ensandecida à procura de um novo mártir ou ídolo a quem possam dedicar a vida inteira em prol de um ideal insípido e insosso do qual não fazem a remota ideia de quantos corpos arrebentados por fuzis, guilhotinas e bombas atômicas foram necessários para consolidá-lo.

Martin Lems olhou para o copo, coçou a nuca – bem abaixo da orelha – e pôs-se a brincar com as pedrinhas de gelo: rodando, rodando, rodando. Com o mindinho molhado e refratado pela luz que incidia da janela.

— Sabe de uma coisa, Góes? Você se sairia bem no picadeiro. Acho que daria um bom trapezista... Saca? Voar pelo ar feito uma pluma perdida dentro do palanque. Não digo que tenha que seguir esse meu disparate, não, não... Longe disso — e abria um sorriso escangalhado de dentes amarelos e ocos de tabaco, em amplos gestos como se quisesse mensurar o tamanho de sua descoberta interlocutória —, apenas estou tentando lhe acomodar a sua atual situação... — ele tira o dedo do copo, como que saído de seu estupor epifânico e me olha tal qual um dândi-divino-alcoolizado olharia, ou, ao menos como acho que um dândi-divino-alcoolizado olharia.

Espero um tanto até que ele retome a postura.

— Pois é, Martin. Não anda nada fácil. Parece que o trem perdeu os carrilhões nos dormentes. Não entendo... Ontem mesmo estava de mãos atadas a um projeto em que Gusmão resolveu me dar de última hora: o filho-da-puta do Gusmão... Mas, báh! De que adianta agora? Foi-se o tempo em que éramos filhos da boa esperança; com promessas divinas de realizar o indizível e perpetuá-lo às gerações seguintes, numa espécie de agregado atávico de fortuna e sorte... Sabe duma coisa, Martin? Isso a que chamam de razão: Ó, a razão humana! Esse pedaço também atávico do Criador a sua Criatura! Essa centelha divina rumo à Criação, à imagem e semelhança Dele! Do Todo-Poderoso, do Soberbíssimo e dinástico trono que nos concedeu sua maior façanha: a Razão... Essa mesma a qual nos curvamos:

como se Ele fosse, por assim dizer, um grande zombeteiro, que ao conceder-nos sua imortal qualidade deífica, tenha, ao mesmo tempo perpetuado em nós o grande disparate de ter que conviver com ela. A razão. O Ensaio da Loucura à beira dum abissal desconforto.

E continuo:

Somos assim, pois, condenados àquele princípio *sartriano* da liberdade, saca? Você teve essa aula, não? Pois bem, não há mal. O que quero dizer é que ao passo que fomos "aperfeiçoados" a Sua imagem e semelhança no que diz respeito a essa "razoabilidade", temos também de conviver com ela... E cá entre nós, a quarentena apenas piora as coisas... não há mente sã que consiga permanecer em seu estado mais inequívoco de sanidade. O antônimo da razão passa a ser não a ignorância ou o desconhecimento inócuo sobre algo... Mas esse tipo de lodo trazido dos céus: essa loucura abjeta em face de nosso atávico mecanismo provido por um deus que não nos repara ou nos dirige sua palavra.

Martin voltou ao limbo inicial: pregado à poltrona de feltro carcomido – ele próprio parecia sofrer com algum tipo de carcinoma subsequente à fala: após ter se exaltado nos gestos e gritos e gracejos, Martin tornava-se apático – como que parte integrante da cadeira ou de onde quer que estivesse sentado. Tornava-se o próprio móvel em si: nenhum sentimentalismo acerbado ou pontuações incisivas no discurso alheio.

* * *

Anda, nada. Não anda; nada. Ou anda ou nada. Pois bem, nademos. Nademos rumo às nádegas entupidas de brotoejas e varizes virulentas do chefe de Estado. Veremos, pois, aonde nos leva o esgoto, e nos privemos de qualquer comentário irrelevante, pois o mundo já anda cheio de filósofos embutidos em enlatados: todos na estante viral do supermercado, iguais em pensamento e aparência. Prontos a nos conceder mais um conselho insípido, instantâneo e obliterado... Tal qual um *cup-noodles-a-la-carte* em que fazem filas para receber sua dose de *ok-é-isso-não-preciso-mais-saber-de-mais-nada.*

* * *

Lems negou minha filosofia alcoolizada veementemente com a cabeça e pôs mais carvão no fogareiro: uma pequena lareira embutida na parede do quarto, com espaço para, quem sabe, uns poucos restolhos de troncos murchos e mofados, ainda com o limo da estação. Todo o quarto exalava – não! Todo o apartamento, na verdade – todo aquele semi-cubículo trágico de *in-folios* emaranhados e discos torcidos pelo tempo... tudo aquilo cheirava um não-sei-o-quê de cadáver: defuntas burguesias bourbônicas estacionadas num tempo há muito transcorrido...

— Você sabe que não é bem assim, Góes... Somos todos Seus filhos, e por isso devemos permanecer em quietude e calma. No fim tudo se ajeita. Há de se ajeitar... Olha só esse quarto imundo. Parece que uma horda de ratos fez um corpo-delito ali naquela estante, como se o homicídio de um robusto-rei-rato-urbano-e-pançudo tivesse ocorrido nesse apartamento, e agora todos eles, todos esses ratinhos filhos da puta estivessem especulando a melhor maneira de administrar a situação... Báh! Uma esbórnia desgraçada! Parece até minha antiga família com seus delírios de grandeza patológicos e conversas minguadas àquela enorme tábua de madeira, mais parecida com a porra de uma Távola *Arturiana*, durante o jantar ou almoço ou sei-lá-o-quê... O tempo se perdia naquela casa... Deve ser por isso que não me incomodo tanto com essa... ...essa... como se diz? Ah! Sim, essa quarentena... Que, aliás, tem me feito muito bem, por sinal, meu amigo...

— Como?...

— A quarentena, Góes... tem me feito um bem danado... ... oras, que amigo você: nem se dá ao trabalho de prestar atenção a um velho camarada em seu delírio aporético e isolado...

— Desculpe, Martin... Me entreti com esse espelhinho embonecado — um reles espelho atado à mão duma pequena bailarina de corda; ao que parecia, muito antigo, dado o material do qual foi feito: chumbo, ferro, algum minério de peso ou algo assim — era de sua irmã?

— Ha! Agora quer saber de minha família é, xereta oportunista do caralho? Mas sim, era de minha avó na verdade. Passou-o a minha irmã quando ela completou seus dezessete, dezoito anos, por aí...

— E a você? Nada? — zombei, pois sabia de seu eterno interlocutório-introvertido quanto a sua família e à casa em que morou até completar seus vinte anos. Mas sabia apenas dessa espécie de sentimento desgostoso e arraigado, ao que parecia, nas mais agudas e obtusas memórias dum tipo de cárcere privado que ele fez a si mesmo.

— A mim? Bem, depois de ter cantado o dia inteiro no escritório de meu pai, coisa que não lhe despertava o mínimo interesse, digo, a música, o tal "monarca", depois de um surto despótico em que me mandava às favas dizendo para que fosse embora daquela casa e de suas vidas, resolveu-se por retroceder no mandamento e disse: *Fica*. Nessa hora lembrei-me de D. Pedro e a merda inteira subsequente ao seu aportamento na terra dos nativos que aqui viviam; merda em que estamos atolados até hoje... há vezes em que penso até conhecer as moscas: umas enormes moscas kafkanianas, grotescas como o disparate apaixonado de G.H. E que agora parece que um palhaço se decidiu por escangalhar a merda toda no ventilador, esperando que a plateia o aplauda e coma sua bosta como se fosse pipoca, não acha? E isso tudo só porque um maluco saído das barragens dum porto português resolveu dar-se ao trabalho de vir dar uma zoada nesse imenso lábio litorâneo. Báh! Haja saco pra tanta porra... Mas enfim, quando meu pai disse *Fica*, eu disse não. E fui provar Jesus nessa terra de ninguém...

Permaneci quieto. Se alguém me olhasse naquele momento me taxaria dalgum velho-sage onírico disperso em sonho; um Buda em comunhão com os céus e suas criaturas.

Olhava Martin em seu delírio profético, fazendo vaticínios universais em torno de um ressentimento familiar a ele. Olhava-o bem: agora de pé diante do espelho encardido do quarto: passando as mãos sujas de graxa e óleo no rosto escanifrado e vincado pela dura vida proletária em pleno século XXI. Magro como o último a sair dum holocausto voluntário...

— Ei, Martin...

Ele me olha com o rosto atávico de alguém que já tenha vivido vidas demais para compreender o porquê dos homens; como se a ele bastasse a brancura inexata e inexorável de um véu de neve caindo sobre o descampado virgem da mais longínqua mata.

— Perguntaste se me incomodo em sentir dores musculares, não...? — ele apenas acenou com a cabeça em afirmação; em resposta lhe digo que acho ter acostumado o corpo às dores da alma, camarada... Mas, sim, sinto dores, apenas optei por não levá-las adiante àqueles que necessitam somente de uma gargalhada circense. Sou apenas um equilibrista, Martin... Quanto às dores... Bom, você sabe.

A COMUNA

Requinte Vinho Bar, desde 1967.

Não se fala da vida,
não acontece nada...
O Rappa

Gente legal tem gatos.

Diz o adesivo da *bike* largada a um canto entre os arbustos e a árvore crispada de calor e pregos; uns pregos inúteis furados fundos em coisa alguma.

— Porra, tá vendo, Góes? Essa amálgama de gente indistinta que vive ao redor de um ressentimento; bebericando infinitas golfadas desse líquido humoso cheio de gás — ele vira o gargalo da garrafa na bocarra azulada pelo tabaco, os olhinhos úmidos transpassados pelo álcool, lançando perdigotos — Não dá, cara! Olha isso, ele abre os braços, as mãos espalmadas para cima, apontando para uma *madame-high-society-frígida-e-pentelha* (que é como ele dizia) abrigada nos braços dum marmanjo de academia. Os dois posando para a câmera do celular Caralhos... — Olha isso, porra! É... É isso mesmo! É de vocês que *tô falando!* — ele grita para o casal — vai! Tire outra *selfie*, céus! Outra *selfie* para Sático! — volta os olhos a mim enquanto tenta se acalmar bebendo outro trago da garrafa e depois relincha feito um cavalo velho e cansado do mundo.

Olho aquilo tudo de maneira indiferente, quase risível. Tava acostumado com os estertores peremptórios e periódicos de Martin Lems: um sujeito adunco e calvo — exceto por alguns fios sobressalentes na base da nuca. Das orelhas de abano e o rosto macilento e escanifrado, rachado pelo sol. E enquanto sua verborragia come solta pelo bar, produzindo ecos nos copos e gargalos, volto a olhar a enviesada *pop-art* adesivada no cano reto da bicicleta:

"Seja assim, seja assado; gatos, *dogs*, cookies, barbearias, hamburguerias-gourmet-de-brioche-e-queijos-*brie*, plantas no quarto de dormir – samambaias, suculentas pendendo da estante, cactos-mal-amados e a obliterada forma de vida humana deitada na cama: escutando *Mac Demarco*, parecendo, contudo, uma obra pós-moderna inspirada em *Eleonor Rigby*. Vestindo as sandálias de 'couro' *veggie* compradas no brechó da esquina – *'Porque mêo, você sabe, né...? Não? Então: me mandaram no direct uma matéria duma jornalista s-u-p-e-r engajada nas causas sociais dizendo que até na Zara eles usam trabalho escravo, cara... assim, que dó né, mas, mesmo assim, uma pena... porque as roupas de lá são t-u-d-o!* (e os risinhos hilariantes de quem na verdade não dá a mínima and *don't give a fuck.*)"

Sim, sim, tudo bem; na verdade eles estão certos. Certos na medida em que é palpável; com uma maneira caricata e copiosa de vestir-se e comportar-se. Porque o Papa, no final, nunca foi tão *pop* como Francisco...

Bolovo, *Balaclava*, Selton Mello, Wagner Moura, Capitão Nascimento e o último sucesso de Gaga. Susy, Dráuzio e o estertor agonizante dos metrôs; a revolta latente e decapitada de quando o novo primeiro Robespierre levantou-se do naufrágio e resolveu-se por rumar às margens nem-tão-plácidas do Ipiranga. Os modismos atenuantes da difícil realidade com a qual lidamos; dia-pós-dia. E a imensa facilidade em nos vermos lançados à miragem de um espelho sem fundo: uma símile antonomástica e hiperbolizante da nossa geração de espelhos carregados nos bolsos da molecada – um aparelhinho pronto para descarregar o cartucho em infinitos impropérios instantâneos...

— Báh, Góes! Quem precisa de espelho?! Tá ali já: pregado à cadeira, acusando o ar com fumaça, falando desvario só pela necessidade de pertencer a algo ou alguém...— nesse momento, ele se perde em *Big Sur, Walden, A. Supertramp, Skinner, Rilke* e o caralho a quatro — à frente do espelho, meu caro, só existe aquela sensação indizível e inevitável da morte; o tempo todo tomando a forma de um senhor a lhe acusar, com um riso raso e roto, de tê-lo deixado perdido nas páginas dum jornal velho e amarelado, que você, por algum motivo que desconheço, achou bom guardar... espelho... *pff!* já basta de Narcisos, *mon ami...*

— É... e no final da era, tudo ainda há de acabar soterrado pela poeira de um bilhão de anos. Os ribeirinhos, Brumadinho, a enchente, tudo suspenso num enorme corolário de gentes alvissareiras, proclamando seu temor à Deus... "meninas vestem rosa e meninos vestem azul" — hão de uivar como talvez Raul tenha o feito quando posto no mundo

— Rá-Uuuul — um uivo-grito desperto capaz de acordar a camareira e o mais absorto sujeito a andar pelo Leblon.

Sim, Martin, acordar todos àqueles que permanecem no ócio e no hiato entre o ser vivo e o mendigo ungido pela indiferença das passantes na avenida: neste imenso lábio do litoral de asfalto e pedras batidas às pressas.

FLOR D'ORFEU

Deixei passar pecados sem conta. Vi-os entrar junto a primeira luz de janeiro, e sucumbi todos eles à urgência de uma consciência-limite. Despachei-os: selados e registrados em cartinhas-crepom. Endereçados a remetente algum.

Apenas os meus. Esconjurados por exaustão. Uns pecadinhos tolos, destes que acomete a todos. Um por um os fui transcrevendo. Tecendo como que história mal costurada de quem nunca reduziu uma fibra ao fio – como que uma roca de fiar emplastada de mel já seco.

Tive de fazê-lo – digo, despachar a carta dos pecadinhos. Não por alguma querela passada; rixa com alguém ou estrago do coração, não. Tive de fazê-lo porque numa noite moribunda dessas quase alcei voo pela janela. E tudo por uma flor dessas que se vê em qualquer sacada de prédio.

Explico: a flor, que é ela, fez-me cego. E na cegueira esqueci da luz de janeiro. Alcei voo como Ícaro ao sol.

Sol que já adstringe a rua, ao largo, dando passagem aos carros e pedestres – às gentes há pouco esquecidas num sabe-se-lá sonho ou breu vazio. Andam ainda dispersas, meio tronchas, amocambadas – como se no lugar da cabeça ainda repousasse o travesseiro...

Passam... o bueiro, a via, avenida, a mesma árvore de ontem, quiçá um tanto mais florida – as folhas velejando, transcorridas na rotina dos calçados, correndo como se soubessem que tudo será como foi, e como virá a ser...

Os olhos embatumados, vincados pela coberta, uns abrigados por detrás de vidros. E como se não bastasse a cegueira da rotina, põe-se à frente dos olhos o aparelho celular: eterno fármaco genérico que dosa a solidão em doses menores de companhia. As imagenzinhas pululando, estilhaçando os nervos; a moça coça os olhos e os estica com o polegar e indicador...

Alguma notícia? Ná! Apenas o mesmo vagido humoso e intranquilo ruindo os ouvidos – alguma comicidade, ou absurdo que a faz despertar os sentidos. Digita, replica a réplica. Dá-se por satisfeita, volta à música. Não se pode saber qual o som escolhido ao revés do burburinho das gentes; o riscar do trilho do metrô...

...ao menos pode se sentar.

Cronometrado, o trem pousa o assovio – nenhuma cotovia, andorinha ou passarinho. Só o estertor dos pés, dos passos, da pressa e da porta se abrindo. "*Mind the gap!*", "próxima estação, Luz". O verão, contudo, não cabe aqui dentro...

E agora, todos mais despertos, abrem bem os olhos, cumprimentam-se, sentam-se e veem surgir diante da tela, quem sabe, um dia lindo.

Meu pecado, não contei. Nem falei das cartas, da flor ou do fio. Peço perdão, ainda não acordei de todo. Apenas lhe transcrevi esse breve salto do sonho à realidade, e me esqueci dos pecados...

...a meu lado, de esguelha, vejo mãos espalmadas para cima. Parecem pedir dinheiro ou comida, não sei ao certo – e não há tempo para pergunta. Continuo o percurso por onde há espaço; e a cada passo, o ponteiro dos segundos.

Não direi de meus pecados. Nem da flor, do fio ou da história de como foi esconjuraá-los. As cartas ficam para depois, e a qualquer urgência lhe mandarei uma mensagem rápida. Destas que vibram as coxas por cima do jeans, e por vezes deixam as mãos molhadas...

Aperreando o peito, ansiando pela resposta – ainda que rasa – à pergunta nunca feita, mas sempre contínua, do último balão lançando à tela da conversa... balão insuflado por reticência sem paragem...

...balãozinho morno e nauseabundo: ora lépido, ora moroso.

Mas caso receba a mensagem com atraso, saiba que ainda guardo a promessa de lhe contar destes tantos pecados sem conta. E quem sabe, fiá-los sem perder o fio da meada, ou mentira rememorada...

Ante o fulgor do dia, perderam também os nomes. Quando desce a noite, relampeiam como um estralo à salvação da fome, amofinam-se num parapeito frio e dormem.

Por encontro furtivo, gesto amigável, fome ou meneio – alguém pergunta teus nomes, dizem só do que chamam na rua. Nominhos próprios, gíria do sujeito que o vê todos os dias passar amontoado no papelão, ou coisa fenotípica mesmo – um traço'utro do rosto, do jeito, que faz lembra outra coisa...

Parece mesmo que, com a vida, esqueceram também da memória do nome. E foram como ela também vai se escapando.

PUNHEMA

Sêmen cívico,
Cimento
Em si
Sedimentado.
Sede imensa e
No cume da promessa
Uma ideia amofinada

De fino trato
Da pedra grua
Outra imagem inundada,
Impudor obcecado

Para ao fim das contas
Um jorro de porra orçamentado
Ao alto
Divina vida emancipada
Cobrindo a via láctea
De pecado

Escroto túmido
Atestando o vazio
Ridículo do prazer

Cavado pelos ovos
Contritos

A arma? Arre!
Três tiros cegos –
Quedo ébrio e relaxado

Trágico gozo aterrado...
Sêmen, semente outra
Que não vinga no ladrilho,
Senão pela mortalha da imagem
ou pela mentira naufragando
rumo ao ralo.

BOXE NO BOX

Aqui termina toda obra de um grande cozinheiro.

Frase de banheiro público.

Não me importa que digam. O box do chuveiro – destes tantos amores banhados – escoa o eco, e ralha com as dores.

Apanhei cada flor, cada silente espaço deixado nos ladrilhos do banheiro. Das coisinhas miúdas que ficam, duma palavra bendita esquecida na ponta dum fio de cabelo enrolado no ralo da pia...

Ralhei com ele. Fio tosco, emaranhado, parecendo se esticar por todo desvio. Se a vejo noutro rosto, noutro gesto – se, por óbolo de carícia, procuro minhas mãos por outros corpos –, desato por um instante o laço d'outrora...

...que, talvez, a essa mesma hora esteja também fazendo o mesmo. Ralho comigo mesmo por pensar nas tantas vezes que pude ter feito coisa outra que não mergulhar no seio disso.

E, ainda assim, no ralo do banheiro, permanece incólume a lembrança morta e desatinada dum fio de cabelo. Ai d'eu, se não cuido! Ainda me enforca e afoga, sem afeto, licença ou memória.

Mas não me importa que digam. De todos, levo comigo o gosto amargo e magro duma última promessa de vida compartilhada. Mesmo que no lastro dum saveiro de partida – partido e remendado, remando por fim...

...num imenso mar de pelos fumegantes, torcendo a pele, crispando os dedos murchos à procura de sabe-se-lá-o-que, quem sabe vida, morte ou destino.

Escorrendo o visco humoso do outro corpo que ainda gruda. Que ainda fere, feito besta feérica, felina, arranhando as bordas dos olhos, das costas. Comendo a carne viva pelas bordas dos azulejos.

Ao fim do banho, os pés no tapete, o corpo ainda quente, escorrendo sem sentido umas parcas gotas de sal. Como a temperar o prato à próxima boca.

O DUPLO

You shall not look through my eyes
[either, nor take things from me,
You shall listen to all sides and filter
[them from yourself.

Leaves of Grass, Song of Myself,
W. Whitman

— Não tem essa arma aqui em casa... *Chan* disse que sabe, mas não têmo espaço suficiente...

— Mas nem lá no gramado, pô? – perguntei.

— Não dá! Tá cheio de inseto aqui, parece até que... sei lá... uma puta duma *colheita maldita* do caralho...

Ele disse isso depois que perguntei do primeiro treino que tomaria depois de mais de dois anos parado. A arma em questão era o *san chi quan*, que nada mais é do que três pedaços de pau articulados por duas correntes de ferro.

Bom, foda-se então – pensei – farei meu balaio, sempre dei meu jeito. Veja bem, meu velho: quando ainda pequenote, arrastando minhas armas, meus braços, minhas pernas e roupas – a calça já toda puída pelo asfalto da viela daquele exército interiorano sul-mato-grossense –, os joelhos esfolados e os nós dos dedos carminados, em carne-viva. Fazendo aparecer a cartilagem ossuda e amarelenta de sujeira. E as canelas e a cabeça doídas de tanto machucá-las de propósito: um pedaço de toco, duro suficiente, suspendíamos as pernas – ou agachávamos em *mabu* (a tal da posição do cavaleiro) –

— Entende, Martin? – e aquela porra daquela arma. De fato não entendo o porquê de gostar tanto dela... batendo a cabeça, as canelas – como se já não bastassem as contusões, carunchos e dedos retorcidos pelo *aquecimento* anterior. Os bagos não. Esses filmes de merda que mostram o protagonista fodendo o saco enquanto treina o ignoto e obscuro *san chi quan* ou *nunchaku*... porra... enfiem no cu essa patifaria... e aquelas roupas flamulando, enfunadas de vento, balouçando e levando a gente pra sei lá onde... era uma beleza, Martin... uma beleza... Mas agora você me pergunta porque parei com essa patifaria toda. Esse discurso envaidecido, cheio de gala e bem-me-quer... pois então: dei no pé, meu velho. Fui tentar a vida. É isso que dizem, não? O tal *american tropical dream* recalcado por essa antropofagia oblíqua. E a gente cheio de sapos bandeirantes entalados na goela da semana de vinte e dois....

— E deu bom?

— PORRA, Martin! Bom?! Só se for pra trepar e tomar no rabo... Perdi o senso, meu velho. Toda aquele sadomasoquismo de *san chi quan* e o caralho-a-quatro que te falei? Foi pro saco. Daí sim, bateu forte lá embaixo...

“Quase quatro anos nessa ida e vinda de paraísos debulhados e eviscerados; as entranhas todas esculhambadas na calçada... Elas diziam: *Ei! Vai me deixar aqui mesmo, porra! Tô pegando fogo, humano de merda! Me bota pra dentro, Góes! Caralho! Bora respirar, meu velho... Pra tudo há de ter jeito....*”

— E te falar que teve mesmo, Martin... evidente que não sei dizer ao certo se foi o melhor destino, claro. Mas toda aquela coisa tinha que sair de dentro, saca? Passava as tardes naquele banheiro anêmico e deslavado, empalmando as mais terríveis orações ao tempo...

— *Báh!* Pode me poupar dos detalhes, Góes... eu acredito...

— Bom, tudo bem... mas onde eu tava mesmo? Me passa essa garrafa... Ah! pois é: o narcisismo, meu velho! O Narciso! Esse que carrega as mesmas letras do meu nome, um acróstico em perpétuo tormento! E ainda assim não o entendem... não, não... eles dizem: “ele é um puta narcísico egocêntrico... bebendo dele mesmo num imorredouro gargalo...” HA! Quanta comoção me dá essa gente... Narciso apaixonou-se por sua imagem, meu velho. Não por ele, não pelo lago. Por sua imagem. Imagine você: absorto no mais tenebroso tédio, em meio à névoa tépida duma nascente infinita — faço um adendo aqui de que, nesse universo inconsciente de símbolos e figurações, não havia espelhos distribuídos pelo reino-tão-distante-do-olimpo —, mas imagine você neste lugar. E que de um pequeno relance refratário você veja sua própria imagem refletida na cobertura enevoada do que antes era apenas um poço sem fundo. Água sob água. E agora, de chofre, vê a si mesmo, sem sabê-lo, contudo, representando seus próprios gestos... impecável em qualquer movimento ou trejeito que você venha a fazer...

"É neste lago, meu amigo, que além de ti mora também tua sombra. Pois veja: foi neste primeiro tato com o indizível que você tomou consciência de outro *"eu"*. E lhe digo que não há menor ou maior problema nisso. Não! Nem de longe, meu velho! A psique não consegue conhecer sua própria substância. E é exatamente isso que *ela* implica: é uma das maldições das gentes, essa divisão de personas e personalidades. Terceirizando e querendo nos introjetar a falseabilidade de sermos seres unos ... e o neurótico que não sabe o que faz – ou o que fazer com? – a sua mão esquerda não é o único caso, isso lhe garanto...

Somos retalhos, Martin. Retalhos banhados para sempre na memória imorredoura duma inconsciência inequívoca a nos dizer da realidade que desperdiçamos em vida e sonho... a cada dia... a cada página... a cada trago insosso de tudo que achamos trazer conosco... retalhos mascarados *por-um--bando-de-velhinhas-fortunescas-fiando-nossa-própria-tragicomédia-gregária...*

— ...bem, acho que consegui ter uma base, Góes... quer que eu a diga?

— Como assim, Martin?! Tô te pagando pra isso, porra! Não tô?...

— Bom, de certa forma, sim.. digo, quem paga o preço é você, mas se quer colocar "em mim" tudo isso... ficarei mais do que satisfeito em guardá-los para quando quiser uma outra paulada imemorial... se é que me entende...

— ... *de certa forma*?!

— Ora, meu velho... não mais reconhece o espelho de teu banheiro? Veja bem, é apenas você ralhando consigo, meu amigo... E toda sombra, quando bem tratada, se amiúda; quase míngua... Obrigado por trazer-me à tona neste teu espelho. Deixo-te com a sua luz sem a qual eu não existiria.

A VOLTA DA MARÉ

Imagine não ter em suas mãos
outra coisa senão o seu destino.
Você fica sentado na soleira da porta do
útero de sua mãe e mata o tempo –
ou o tempo mata você.
Você fica ali sentado cantando a doxologia
de coisas fora de seu alcance.
Do lado de fora. Sempre do lado de fora.
Primavera Negra, H Miller

Por trás de todo escrito há certa vaidade intranquila: espécie de contrafeito social; esquizoanálise dirimida, fragmentada e refeita em pequeninos origamis.

Espécie de açúcar confeitado em pílula. Como se, de fato e memória, o ser humano houvesse perdido sua capacidade lírica. Como se a cada página lida, apenas visitasse as palavras e as linhas entrincheiradas decretando séculos de guerra ao artista.

Condensando no pensamento um espetáculo anêmico e alcoolizado à parte. A vida se arrastando junto à poeira de zil anos amalgamada ao calcanhar, sombra de si mesma. A história tem vida outra: parece almejar, em última instância, uma existência asséptica, indolor e prolongada ao máximo.

Veja, por exemplo, aquele negro iracundo, cozendo em sua ira toda a solicitude do mundo. Passa breve sobre a areia. O rosto escanhoado, agastado por alguma memória que tateia com os pés, como duas raízes que ora espreguiçam, ora se retêm. E os dedos luzindo sob o sol ardente. Os dentes segurando toda luz que lhe atravessa. Passa breve, em pluma, c'os olhos sobre esse outro mar de guarda-sóis qu'eu habito...

E a mão sonâmbula que gesticula e pinça o queijo-coalho. Não poderia ser o contrário, se saísse detrás daquela cortina, se, por alguns segundos suas mãos se agitassem, conscientes do que faziam, Ismael enlouqueceria – tombaria na areia, para sempre esquecido ante a bruma da manhã.

Dei-lho o nome, não apenas por arbitrariedade, mas por também sentir-me parte daquele anonimato. E porque sim, porque todo escrito carrega consigo a vaidade intranquila de pequeninos origamis montados à beira da praia. Nomeei-o por querer, ao fim de tudo – seja lá em que medida se conte o tempo presente – compreender o íntimo da vida; por querer ver no oco do nome alguma ferida aberta; algum acaso que dissesse o porquê da revolta e melancolia. Do porquê de se viver no medo e no torvelinho de anseios contraditórios – como se, ao revés da injustiça com que o negro passeia vendendo seus queijos aos ratos sob os guarda-sóis, fosse possível, dalguma maneira, me entrincheirar ali...

...Naquele sol deserto, com todos os queijos que lhe chocalhavam nas mãos, e em todas as quantas vezes do dia em que ele andava de uma borda a outra do litoral. E, acima de tudo aquilo, talvez, compreender a presença louçã que lhe redimia o cenário: naquele horizonte, que apenas ele via, quando cansado da existência, quando a náusea lhe percorria o íntimo da medula óssea. E sobre toda aquela hipocrisia-colorida guardada nas sombras: ordenhando os sóis que ainda lhe faziam continuar. Soizinhos miúdos de berço. E, por isso e apenas, o negro continuava sozinho, coalhando o tempo nas bocas-turistas que pechinchavam seu valor humano.

Ele abria o riso, e espantava a sombra da multidão.

Fato é que depois de mergulhar no mar, de volta à superfície, a gota d'água em meus dedos quase sem cor, já está muito distante do mar, que é sua origem. E ali, boquiaberto, tentando alcançar o copo de cerveja, eu pensava ter descoberto um maravilhoso tesouro dantes escondido. Muito embora, depois do mergulho, de volta à superfície, a gota d'água em meus dedos estivesse quase sem cor. Já muito distante do mar, que é sua origem. E, ao primeiro gole da cerveja, me desse conta de que tudo aquilo que eu trouxera do mar, e de Ismael; dos guarda-sóis e segredos coalhados pelo tempo, não passassem de pedregulhos falso, pequenos pedaços de vidro, e conchas aperoladas.

Como se – na mais absoluta transparência semiológica da gota d'água – eu houvesse, dalguma maneira, perdido de vista o valor de todas essas coisas ao enunciar seus nomes. E, ainda, e apesar disso, o tesouro continuasse a brilhar: incólume e intocado. Esperando a volta da maré.

ECCE HOMO, WEB ERECTUS

Só depois que a tecnologia inventou o telefone,
o telégrafo, a televisão, a internet,
foi que se descobriu que o problema de comunicação mais sério
era o de perto.

MILLÔR FERNANDES

Queria viver de vitrola e das promessas da manhã, Luís. Enquanto todos eles dobram e retorcem o pescoço.

Que no amanhã há de se esperar alguma luz acesa – nem que seja uma destas amparadas pelo peitoril da janela – como quando criança: tornando a ver os flocos de poeira salpicarem o filete de luz que adentra o quarto.

Nem que seja apenas para ver as gentes meio sonâmbulas sucumbindo à calçada e subindo a avenida. Nem que seja para ver, discreta, as luzes tão almejadas por quem acorda já antes do sol – e repetem consigo: "a vida ajuda a quem cedo madruga".

Queria viver de vitrola, Luís. Arranhando o disco a cada manhã, só para ver o som sair desafinado açoitando minha teia. Porque, por mais humana qu'eu seja, sei que o canário ainda há de sobressair ao meu canto.

E vitrola qu'eu fosse, poderia – dalguma maneira também bem humana – arranhar as faixas como aranha que tece teia em lugar algum.

De lá, cantaria meu amanhã. Pois de que vale o hoje, senão a eterna desventura do ontem e o correr em direção a coisa alguma? Crio, pois, esta teia-sem-teto a fim de tecer minha armadilha...

...olhando o pecado, mirando o chão, c'os pedipalpos prontos e a seringa oca e pontiaguda fiando a morte de quem porventura se atreva a varrer meu lar. A armadilha, contudo, Luís, é que, ao findar da vida, a vitrola ainda canta baixinho – em voz muda – alguma música indecifrável a quem fica.

Alguma canção acolchoada, suspendida por um único fio púnico. E, misturada à mixórdia da minha própria teia, a manhã acidulada de outrora continua a tecer a promessa doutra vida enfaixada...

...sem falsa fachada, ou feixe que com facilidade se abra. Abrirá apenas se fores capaz de sustentar a leveza dum fio de prata preso a nada. Riscando os raios de sol que vêm surgindo. Em teimosia: subindo sem saber ao certo onde vai dar.

Ao final, talvez, gostaria de ser aranha viúva. Viçando a vitrola e a música sob oito metatarsos e unhas: feito o infinito abstrato que carrego em minhas patas. Prometendo nascer de novo a cada filete de luz desafinado que me atravessa.

Sem nunca olhar para baixo, ou torcer o pescoço como quem anda já morto deslizando os dedos sob a obsolescência senil de telas indistintas. Sem teia que lhes abarque um sonho.

[posfácio]

MEU AVÔ ERA ESCOCÊS

Num sábado, quase ao pôr-do-sol, eu voltava da locadora de filmes, descontraidão, balançando a sacolinha para lá e para cá, como se fosse um brinquedo. Sentia-me bem com a vida. Bermuda, camiseta, sandálias folgadas, a temperatura a convidar para uma cerveja gelada e jogar conversa fora. No caminho, bares atulhados de moçada, para os quais eu olhava com simpatia e um pingo de nostalgia, porém sem coragem de entrar e enfrentar a barra. Caso sentasse a uma das mesas e pedisse uma cerveja, inevitavelmente, ficaria olhando para cada exemplar daquela juventude exuberante. Pode ser que nada pensassem a meu respeito e nem botassem reparo em minha existência, mas podia ser que sim, e há poucas coisas mais trágicas que um coroa sair por aí a paquerar donzelas e, pior ainda, algum mancebo de barba nascente e tatuagem no braço. Como detesto causar falsa impressão e o caso era sério, preferi, como disse, não me arriscar. Passei adiante.

Contudo, não estava disposto a voltar logo para casa, a seco. Queria zonear um pouco, aproveitar o fim de tarde.

Não dobrei a esquina, como deveria fazer caso fosse uma terça-feira. Atravessei a rua e continuei a andar, agora ao léu. Na calçada oposta, um bar de aparência modesta, com algumas mesinhas e cadeiras de lata pareceu-me adequado. Apenas uma estava ocupada. Sentei-me à que me pareceu menos desconfortável e pedi uma cerveja, é claro, pois a vontade aumentara após a breve caminhada. Como ainda não aprendi a comandar inteiramente meus olhos, deixei-os vagar pelo ambiente. Não havia onde fixá-los, a não ser ao homem com aparência distinta bebendo o que me pareceu ser uísque nacional, dada a categoria do estabelecimento. Nossos olhares se cruzaram uma vez, duas vezes. À terceira, como não gosto de dar o que pensar, levantei-me e preparei o mais cauteloso dos sorrisos. Pigarreei e disse de forma grave, pausada:

— O senhor se importa em dividir comigo sua mesa?

— Esteja à vontade.

Houve um movimento quase imperceptível de indecisão, um tremor na voz, ou foi apenas impressão que tive de o cidadão retrair-se um pouco? Ele estaria coberto de razão, é claro.

Para evitar mal-entendidos, pois abomino causar falsa impressão, como já devo ter mencionado, apresentei-me: qualificação profissional, estado civil, tantos filhos e quantos netos, mais um no forno — “ha ha ha ” —, católico fervoroso decepcionado com Deus e com o governo. Cidadão comum, sem nada que me tornasse suspeito de alguma coisa. É óbvio não ter desfiado tudo de uma vez; fui preenchendo o silêncio aos poucos, como se deve fazer em tal circunstância. Ele permaneceu quieto, com uma cara de atenção educada.

— Suponho que o senhor mudou-se para estes lados (referia-me ao bairro) recentemente, pois não me lembro de tê-lo visto antes.

— Estou apenas de passagem. Vim a negócios.

Não perguntei a que negócios se referia, porque não quis ser indiscreto nem me

envolver em terreno desconhecido, o que poderia trazer algum risco. Ele tinha uma cara distinta, como já observei, mas tenho visto em jornais fotos de traficantes de armas ou de drogas, cuja aparência poderia fazer um bandido tenebroso passar por seminarista ou regente de coral da igreja Presbiteriana.

— Na verdade, deveria ter partido ontem. Mas resolvi permanecer aqui por mais um dia.

— De fato, a cidade é agradável e acolhedora como poucas.

— Tem razão. Mas não foi por isso que resolvi ficar. Precisava de um tempo para pensar, antes de tomar uma decisão crucial.

Mudou de posição na cadeira, bebeu o último gole que restava no copo e acenou para o dono do bar pedindo mais uma dose. Voltou-se para mim e sapecou:

— Talvez o senhor possa ajudar-me.

Senti um calafrio premonitório percorrer-me a espinha. Não tenho experiência em dissuadir suicidas em potencial e o caso poderia ser justamente esse. Só não engoli em seco porque tinha o copo de cerveja à minha disposição. Bebi mais um gole antes de dizer, meio indeciso:

— Se eu puder...

— Mais do que possa pensar. Como é mesmo seu nome?

Preferi naquele momento chamar-me Jorge ou Antônio, mas não tive saída e fui obrigado a repetir:

— Cunegundes.

Diga-me lá, quantos Cunegundes você conhece? Eu só conheço meu avô e a mim mesmo. Se alguém disser ter visto o Cunegundes fazendo isto ou aquilo, será impossível dizer que se deve tratar de outra pessoa. Depois da morte de meu avô, ao que eu saiba, ninguém mais no mundo se chama Cunegundes. Só eu. Tenho de carregar essa cruz e os apelidos até o fim de meus dias. Se, ao menos, fosse C. da Silva, de Souza, ou Pereira, poderia contar com a possibilidade remota de existir um homônimo. Mas meu outro avô era escocês, vejam que azar. E sou Cunegundes MacCormack. Sentiram meu drama?

Não dei tempo ao Altair de relatar-me o dele, pois eu estava a fim de um papo leve, sem complicações. Mostrei-lhe minha sacolinha e perguntei se gostava de cinema, pois futebol pareceu-me ser um assunto grosseiro demais para momento tão delicado.

— Prefiro os clássicos, respondeu-me.

— Assisti a um deles ainda ontem e, este aqui, também é dos bons.

Havia encontrado o derivativo necessário, graças a Deus. Passei a narrar, em pormenores e com comentários ligeiros, o filme a que assistira na véspera. Um Bergman que, admito, não cheguei a entender direito e nem assisti até o fim. Altair ouviu-me de cabeça baixa, evitando olhar para mim, o que me incomodou sobremaneira. Ao final da narrativa, estendeu-me a mão e só então percebi a que grau de emoção eu o havia levado. Tentou disfarçar a lágrima oscilante e não se satisfez com o aperto de mão:

— Posso abraçá-lo?

Embora constrangido, não me fiz de rogado. Levantei-me e correspondi

discretamente ao amplexo. Bateu-me às costas e disse com voz sumida:

— Foi Deus quem o enviou. Obrigado.

— Ora, deixa disso.

— Não faz ideia de como me ajudou. Disse tudo o que eu precisava ouvir. Beba outra cerveja por minha conta. É o mínimo que posso fazer para mostrar minha gratidão.

Levantou-se e foi ao caixa. Na volta, deu-me um tapinha no ombro e sorriu apertado, visivelmente comovido.

Acompanhei seus passos com o olhar, até ele chegar à esquina. Virou-se, acenou para mim e fez o gesto rápido de quem presta continência a um superior. Levantei timidamente a mão e retribuí com um sorriso amarelo. Olhei para a garrafa, enchi o copo e fiquei roendo-me às tripas, morto de curiosidade.

José Carlos dos Santos Guitti

Quanto a mim, sempre cochichei. O rabo esquecido à porta.

O que segue é o que não pude reter em mim. Saiu entredentes – os dedos rangendo o teclado. Tal qual cólica dum parto distócico. Feito massa sovada – a curiosidade coçando em cócega. O cóccix formigando ante à ideia de permanecer sentado com moscas passeando nos lábios entreabertos. Ou com os olhos enregelados; a cor esmaecida, protagonizando uma ferida aberta. Não, não, não. Valha-me! Resta, pois, este compilado. Um retrato curioso sobre cães abandonados ou – quem sabe – felinos acariciando o tempo com as patas.

Em silente memória e espaço. Escutando por entre a(s) porta(s).

F.G.L

FRANCISCO GUITTI LEITE

F.G.L. e Francisco Canarin são duas das muitas faces de Francisco Guitti Leite. Graduando em Jornalismo pela Cásper Líbero, Francisco é também artista marcial aposentado de Shaolin de Norte, musicista-cantautor solo, fotógrafo por hobbie e chargista por crítica. *A verdade e a chacota do diabo* é seu primeiro livro publicado.

FOTO DO AUTOR: ELEN CRISTINA LEITE.

este livro foi editado

no inverno

de 2022